密云城堡踏勘

高文瑞／著 摄影

中国纺织出版社有限公司

内 容 提 要

全书记述了密云域内70余座城堡遗存，长城沿线明代建造居多，另有后魏时期的古城等，时间跨度上千年。文本注重连续性、系统性与完整性，采用散文的笔法，配以艺术档案照片，图文相应，有实地踏勘，有历史考证，有田野调查，有现场感受，有独立思考，对比城堡古今变化，为历史留下记录，为阅读展现美感。

图书在版编目（CIP）数据

密云城堡踏勘 / 高文瑞著、摄影 . -- 北京：中国纺织出版社有限公司，2021.1

ISBN 978-7-5180-8180-6

Ⅰ . ①密… Ⅱ . ①高… Ⅲ . ①散文集—中国—当代 Ⅳ . ① I267

中国版本图书馆 CIP 数据核字（2020）第 220439 号

责任编辑：张　强　　责任校对：江思飞　　责任印制：王艳丽

中国纺织出版社有限公司出版发行

地址：北京市朝阳区百子湾东里 A407 号楼　邮政编码：100124

销售电话：010—67004422　传真：010—87155801

http://www.c-textilep.com

中国纺织出版社天猫旗舰店

官方微博 http://weibo.com/2119887771

北京通天印刷有限责任公司印刷　各地新华书店经销

2021 年 1 月第 1 版第 1 次印刷

开本：710 × 1000　1/16　印张：19.5

字数：205 千字　定价：115.00 元

前言

中国城堡众多，天子脚下，北京尤胜，由于各种原因，大部分已经消失。密云区残存最多，70余座城堡中，长城沿线明代建造居多，另有后魏时期的古城等，时间跨度上千年。

密云明代军事上属蓟镇。蓟镇分东中西三协，其中西协距京城最近，直接关系到国家安全，设下重兵。西协下辖四路：墙子路、曹家路、古北口、石塘路。防线漫长，东自平谷的鱼子山寨，西至怀柔的亓（qí）连口，贯穿密云全境。四路中又以古北口为重，是大部队进入京城的主要通道。密云重峦叠嶂，随山势筑起城。境内存有多个朝代的长城遗迹，北齐存留的较长。明代长城部分利用了北齐长城构筑。各山口要道建造起众多关口城堡，加强防御。著名的有古北口、司

鸟瞰长城

马台等，现今保存较完好的有吉家营城堡、遥桥峪城堡等，经过修复的有姜毛峪城堡等。

密云城堡虽多是残垣断壁，里面蕴含的文化却丰富深厚。粗略归纳起来，大致可以分为以下方面：一是城堡建筑文化，古城的建筑、用材与建造方式，形式多样。二是城堡功能，多种用途。三是争战，城堡历经争战无数，有古代改朝换代的战事，也有现代的抗日战争，有段长城恰如英文胜利的字头“V”，可以作为中华民族不屈的标志。四是寺庙文化，几乎每个城堡有寺庙，多的能有几十座。五是庙会文化，体现一地经济繁荣。六是壁画文化，有明清时期的，色彩鲜艳。七是戏楼文化，大的城堡里建有戏楼戏台，有的城堡能建两座，调剂边关艰苦生活。八是古树文化，几百年的众多，还有两三千年的古树，见证村子的古老。九是古井文化，井是人们聚会的场地，反映市井生活。十是碑刻文化，是历史档案，也是艺术展示。十一是故事传说，折射出人民的爱恨情愁，美好愿景。

城堡现今多为村落，社会主义新农村不失文化底蕴，有的村竟有四座城堡，村史悠久。城堡有的进行了维修，有的还在损毁。历史已为过去，现成的资料极度缺少，有许多仅存于老人的记忆之中，需要抢救性挖掘。作为作家有责任与义务记录祖先留下的宝贵文化遗产，系统整理。

强子岭长城敌楼内

笔者关注北京城堡十余年，并用近十年的时间对密云七十余座城堡集中进行研究、采访、摄影、写作，完整地展现了密云的城堡文化。其中一些城堡名称已经消失，或按照当地习惯改换了名字，在采访、研究过程中，搜寻古籍，进行考证。

搜集整理研究城堡文化，对于它的产生、用材、建造方式、功能、文化等方面进行梳理，这对了解地域文化有着特殊的意义。城堡的诞生、演变、迁徙，是地域建置沿革的记录，历史文化的展现。之中引起强烈震动，感受到了中国传统文化的深厚，形式的独特，价值的重大，意义的深远，体会到地域文化的魅力，坚定民族自信、文化自信的自觉。

全书以西协四路的方位为纲，参照行政区划，古城县治，逐一书写城堡，注重连续性、系统性与完整性。文本采用散文的笔法，配以艺术档案照片，图文相应，有实地踏勘，有历史考证，有田野调查，有现场感受，有独立思考，对比城堡古今变化，为历史留下记录，为阅读展现美感。

如英文胜利的“V”字为万里长城独有

完美楼内

目录

第二辑　曹家路

第三辑　古北口

第四辑　石塘路

建置沿革

密云地区是远古人类活动的重要地区。据黄土梁村旧石器时代早期、松树峪村旧石器时代中期、东智村旧石器时代晚期等三处旧石器时代遗址中发现的砍砸器、削刮器、切割器等旧石器考证，距今约 10 万年前，密云地区已有人类活动。据燕落寨、坑子地、董各庄、龟脖子、山安口、南石城、老爷庙等雪山文化遗址出土的新石器、陶器等器物考证，约 6000 年前，密云地区已有人类居住。据燕落寨、转山会等多处夏家店下层文化遗址考证，约 4000 年前，与中原夏代同时，密云地区进入奴隶社会。据凤凰山商代古墓及出土的黑色陶器考证，约 3700 年前左右，密云地区为商朝领地。

西周初期，密云地区属蓟国。燕国并蓟国后，密云属燕国。

冶山白河

春秋至战国时期，密云地区属燕国。燕昭王二十九年（前283），设置渔阳郡，郡治在今十里堡镇统军庄村南的南城子。因郡治位于渔水之阳，故称“渔阳”。这是密云地区最早的行政建置。

秦始皇二十二年（前225），设置渔阳郡渔阳县，为密云县建县之始。县治与郡治同设于统军庄村南之南城子，现密云全境归其管辖。

西汉时期密云地区属渔阳郡渔阳、犷平、厗（tí）奚县。王莽建新朝，改渔阳郡为通潞郡，改渔阳县为得渔县，厗奚为敦德县，犷平为平犷县。

东汉时期密云地区恢复渔阳郡和渔阳、犷平、厗奚县建置。渔阳郡治一度徙治于潞（今通州境内），后又迁回原址。犷平县迁至蓟州之西。

三国时期，密云地区为魏地，魏武帝省渔阳。文帝复置。密云地区属渔阳郡之渔阳县。魏黄初元年（220）废厗奚县。

北魏皇始二年（397），置密云县，县治在今河北省丰宁县大阁镇东北南关村。县治南15公里处有密云山（今云雾山），县名来自山名。

东魏元象元年（538），杜洛周起义军攻陷安州，安州所属之密云郡、安乐郡、广阳郡以及所属之密云、要阳、白檀、安市、土垠、燕乐、方城、广兴8县南迁，寄治渔阳县境内。密云县治迁至今县城所在地。

潮河涌入古北口

北齐废渔阳县入密云县；废广阳郡，将大兴、方城二县并入燕乐县；废密云郡，将要阳、白檀二县并入密云县；又废土垠入安市。密云地区为安州安乐郡之密云、燕乐、安市三县分辖。

北周改安州为玄州（元州），废安市县入密云县。密云地区为玄州安乐郡之密云、燕乐二县地。

隋开皇三年（583）废安乐郡，六年（586）徙玄州于今天津蓟县。隋开皇十八年（598），于旧玄州地置檀州，辖密云、燕乐二县。大业三年（607），废州设郡，改檀州为安乐郡。密云地区为安乐郡之密云、燕乐二县地。

唐武德元年（618），废郡设州，改安乐郡为檀州。长寿二年（693），州址迁今县城。天宝元年（742），改檀州为密云郡。乾元元年（758）改密云郡为檀州，密云地区为檀州之密云、燕乐二县地。

五代时期，后梁乾化三年（913），废燕乐县入密云县。密云境内为檀州密云县地。后唐因之。

后晋天福元年（936），晋主石敬瑭割幽云十六州予契丹，檀州为十六州之一，自此密云地区属辽地。契丹会同七年（944），契丹军破定州行唐县，徙其民于檀州，设10寨居住，仍称行唐县，县治在今巨各庄镇焦家务村官道沟，密云地区为

司马台望京楼

辽析津府檀州之密云、行唐二县地。

北宋宣和五年（1123），金归还涿、易、檀、顺、景、蓟6州24县于宋。宋改檀州为横山郡，改行唐为威塞。密云地区为宋横山郡之密云、威塞二县地。宣和七年（1125），金收回6州24县地，仍称横山为檀州，威塞为行唐。金天会四年（1126）废檀州，废行唐县入密云县。密云县归中都路顺州管辖。金末复置檀州，以密云县入檀州。

元太祖十年（1238），檀州及所领密云县隶属燕京路总管大兴府，后废密云县。元世祖至元二十一年（1284），置大都路总管府，檀州属之，后复置密云县。

明洪武元年（1368）十一月，省密云县入檀州，十二月复置密云县，省檀州入密云，属北平府，并分密云、昌平二县地复置怀柔县。洪武五年（1372），设密云中卫于密云县城。洪武十二年（1379），置古北口守御千户所，三十年（1397）改为密云后卫。永乐元年（1403），密云县改属顺天府。正德元年（1506），密云县改属昌平州。嘉靖二十九年（1550），置蓟辽总督，驻密云县城。

清初，密云县仍属昌平州。康熙四年（1665），裁密云中卫、后卫，设中卫里。康熙二十七年（1688），改属顺天府北路厅。雍正元年（1723），设提督，驻古北口柳林营。雍正六年（1728），直属顺天府。

卧虎山状似两只老虎长城蜿蜒

1912年中华民国成立，密云县仍属顺天府。1914年改顺天府为京兆地方，密云县属之。1928年改京兆地方为北平市，密云县改隶河北省。

1933年5月，长城抗战失败，密云县划入“非武装区”，属蓟密行政督察专员区。1935年11月25日伪“冀东防共自治委员会”成立，12月25日改称为“冀东防共自治政府”，密云县属之。1937年8月，日军完全占领密云，12月隶伪河北省冀东道。1940年7月，改隶伪河北省燕京道。

1938年6月，八路军第四纵队挺进密云，于密云、滦平、昌平三县交界地区建立昌（平）滦（平）密（云）联合县，密云县西部地区属之；于密云、平谷、蓟县三县交界地区建立密（云）平（谷）蓟（县）联合县，密云县东南部地区属之。10月，二联合县撤销。1940年4月，晋察冀边区建立蓟（县）平（谷）密（云）联合县，隶边区冀东办事处，密云县潮河东地区属之。1940年6月，晋察冀边区建立丰（宁）滦（平）密（云）联合县，密云县潮河西地区属之，隶边区平北专署。1940年11月，蓟平密联合县西北办事处扩建为平（谷）密（云）兴（隆）联合县，密云县潮河东地区为第三区，隶冀东十三专署。1942年11月，平密兴联合县改称平（谷）三（河）密（云）联合县，密云县潮河东地区仍为第三区，隶冀东十三专署。1943年7月，平三密联合县第三区扩建为承（德）兴（隆）密（云）

下庄镇油菜花开

联合县。密云县潮河东地区属之，隶冀东十四专署。1943 年 11 月，丰滦密联合县划归冀东十四专署。1945 年 5 月，重新划回平北专署。

1945 年 9 月，抗日战争胜利。国民党政府军进入密云，在原日伪军控制区建立密云县政府，隶河北省冀东道。

1945 年 11 月，承兴密联合县撤销。在密云县潮河东地区建密东办事处，仍隶冀东十四专署。1946 年 6 月，丰滦密联合县所属密云县潮河西地区与密东办事处所辖潮河东地区合并，恢复密云县建制，隶属冀东十四专署。1947 年 2 月，密云县复分为东西二县，潮河东地区建密云县，隶冀东十四专署；潮河西地区建乙化县，隶平北专署（后改冀察专署）。

1948 年 12 月 5 日，密云县城解放。1949 年 8 月，密云、乙化两县合并，仍称密云县，隶河北省通县专署。1958 年 4 月，河北省通县专署撤销，密云县改隶河北省承德专署。1958 年 10 月，密云县划归北京市管辖。2015 年 10 月 13 日，经国务院批准，撤销密云县，设立密云区。

郭生河

巨变的密云大地

第一部 古城

《昌平山水记》："州东北一百二十里为密云县，汉白檀县也。"

《史记·五帝本纪》："故龚城在檀州燕乐县界，故老传云舜流共工幽州，居此城。"

光绪《顺天府志》："安乐庄有故共城，舜流共工处也，庄又为魏安乐侨郡故城，故名。"

《方舆纪要》："方城废县，在县东北。魏主焘以方城并入密云。方城，盖慕容燕所置县。"

光绪《顺天府志》："古北口城……犷平故城近此。《方舆纪要》：'犷平城，汉县，属渔阳郡。按《一统志》云，犷平废县在县东北，近古北口地。'其东北为厗奚废县。"

吉家营村门脸门蹲

密云县城

密云之地古老，曾有过渔阳、玄州、檀州等地名。密云划区不久，此前称县。县名可上溯至北魏，皇始二年（397）设“置密云郡，领密云、要阳、白檀三县”。后来名称多有变化，行政上分来划去，历经多少朝代变更，直到明初洪武年间，密云县稳定下来。此地多山，密云县城旧址向南 15 里有密云山，又名横山；再南 20 里有白檀山，地名皆因山而名。

密云县城有两座，明洪武十一年（1378）建起一座，周九里十三步，高三丈五尺，宽二丈八尺。城形西北微狭，呈弧状，设有东、西、南三门，南门景曜门、西门瞻云、东门称夹道门。城外有护城河，深二丈，宽一丈五尺。此为旧城。明万历四年（1576）又建起一座，周六里一百八十步，高三丈五尺，宽二

密云城山水相连

丈，也设有东、西、南三门，东门宾阳门、西门左辅门，南门迎薰门（又称小南门）。城外护城河深阔相同。此称新城。新旧两城紧密相连，中间仅距几十米，两边城墙高大，之间显出逼仄，形象称为夹道。旧城的景曜门、瞻云门，新城的宾阳门、迎薰门，面向东西南三面，这四座城门建有门楼和瓮城，利于防卫，美观壮丽。

最初兵民混住，建起新城后，兵民分开。旧城为文城，有知县、典史等地方行政官员办公。新城为武城，明代时曾为蓟辽总督所驻，级别至高，后来改为参将，至清初改为都司。到了清末，无武可用，新城没有了军队，民国《密云县志》上记，“新旧两城统归知事管辖”，两座城池均由地方官员管理。

旧城中心是鼓楼。当地老人记忆，楼座东西长约十丈，南北长约四丈，高两丈有余。楼座以上建有三层高楼，高约两丈五。这在当时已很宏伟。楼上置钟鼓，钟体高大，声响洪亮，音韵悠长，为战时所用。而平时遇到火警等险情，也鸣钟示警。鼓楼中间有门洞，连接着南北大街。鼓楼南街是商业街，街道很宽。道路多铺着石条。其他路面也是土石铺就。城内东西大街最长，由旧城西门起，经夹道门，再连接起新城的东西两门。旧城地形北高南低，鼓楼位置处于高点。向南向东有明显的下坡。据当地老人讲，鼓楼在1933年被日寇炸塌大部。之后逐年风

修复的密云新城东门南墩台遗址

吹雨打，无人修复，至 1937 年，坍塌得不成样子了。鼓楼现在痕迹皆无，位置已为繁华的十字交叉路口，四面现代商场林立。站在路口向南与向东看，坡度依然明显，延续了以前的地形。

鼓楼西侧是原县治所在，明万历二年（1574）重建。康熙五十九年（1720）与雍正元年（1723），做了重建修葺，当年的县治很有规模，有大门、仪门、大堂、二堂、三堂，东衙、西衙、县狱、左右六房等，行政办公断案，机构一应齐全。现在是区委政府办公所在。

鼓楼东侧路北有文庙，坐北朝南。文庙始建于唐显庆四年（659），元代毁于战火，“县学在鼓楼东，唐贞观十二年……创建，金季兵毁……”。元朝至元二十八年(1291) 重建。文庙规模很大，戟门 3 间。东西各开一角门。东西各有厢房，东厢为名宦祠，西厢为乡贤祠。中间大成殿五楹，通高约 10 米。后院还有明伦堂、尊经阁、学署、崇圣祠和启圣殿，东跨院有文昌殿，西跨院有节孝祠。如今这些建筑均拆除，仅存大成殿，基座石条，四周青砖，殿内梁柱还是旧物，现今维修一新。殿后是密云区图书馆，依旧是文化场所。殿前空地开阔，花草繁茂，左右各建一亭。人们可以在此休息学习娱乐。

古城寺庙有几十座，这在大城堡不足为奇，如文昌祠、东岳庙、三官庙、三

文庙大成殿

皇庙、五圣祠、七圣庙、九圣祠、五道庙等。城门楼上也有两座，宾阳门上是关帝庙，景曜门上为七神庙。门楼上建寺庙，也是多见。特殊的是，在旧城的东北角有邹大夫祠。邹衍是战国时期齐国人，阴阳家的代表、五行创始人。密云在春秋战国时属燕国。《日下旧闻考》载:“燕有黍谷，地美而寒，不生五谷，邹子居之，吹律而温气至。”黍谷指山名，在密云西南十五里。燕昭王招贤纳士，邹衍离齐入燕，来到此地，发展农业生产。他找来良种，在适宜的时间播种，并教给农民识别及耕作方法。传说他吹起了律管，演奏春之曲，便成了密云一景——黍谷先春。光绪《顺天府志》：县“治东二里刘家庄，邹衍吹律处近此”。旧城建成后，知县听取了百姓建议，在东门外修了邹夫子祠，重新立碑，碑文“邹衍吹律旧地”。百年以后，祠庙毁坏，碑也不知去向。万历年间，新城建成，祠址已是夹道，再次建祠立碑。《畿辅通志》上记：每岁春秋致祭。密云是山区，能发展农业生产，实属不易，百姓不能忘记这位人物。碑则移立在冶山公园内的碑林里。

古城胡同纵横，鼓楼大街附近就有冯家胡同、四眼井胡同、西鱼市口胡同、金丝胡同，城内还有石桥胡同、解放胡同、半截胡同、顺城胡同、建设胡同、上营胡同、裤衩胡同、新顺胡同等。这些老胡同已经“面目全非”，或“更名换姓”了。大成殿路对面是通城胡同，标牌还在，街面宽了许多，两侧高楼挺立，胡

锥塔胡同换新颜

同口已为现代的商业百货。胡同标牌也与现代的环境相匹配，却少了老胡同的味道。

自鼓楼东大街向东，新东街是旧时两城间的夹道，如今大街宽阔，两边的城墙不在，盖起现代的高楼大厦。再向东走入新城。新东路的路口是新城的东门。新东路口北拐百米，存有古城墙遗址。外面用青砖砌出一方墩。据当地人介绍，里面是城墙的黄土墙。砖墙上有文保碑牌，此为新城宾阳门墩台。自墩台北行约 1 里是后城街，当年城墙内侧。街上内存有一段城墙，约有 100 多米长，外面包砌青砖，内里是黄土夯墙，为新城的北城墙。这是古城墙的仅存。城墙北面正在盖起一片新楼，古城墙围在其中。

为何建有两座城。可能源于战争，万历年间也是边防吃紧，建起新城，驻下更多军队。还可能是大水所致。旧城西北是白河，东南有潮河，两条大河流过城的两边。而白河距旧城很近，经常发大水，冲坏城墙。有记载：清朝康熙年间，旧城西北隅为白河泛滥所圮。康熙五十二年（1713），奉圣祖特旨重修旧城。康熙五十六年（1717），南起西门外，北至四五里的沙河庄，筑起石子堤，以护城垣。堤长八百零三丈，又在堤外用木草沙石，筑起多个数十丈不等的坝，用来保护堤坝。康熙六十一年（1722）发大水，致使冲坏护堤坝一百多丈，土牛城墙

曾经的鼓楼如今大街通畅

坍塌，沉陷三百一直六丈八尺。治国先治水，这是古训。此时康熙自潮河回銮，亲临指示重修，并御书“川流永奠”，镌石匾额，立于堤头，建起庙宇，敬重神灵。

那日刮起北风，艳阳高照，空气洁净。清晨来到白河边。这里是密虹公园。河边建起一座鼓楼，虽不是当年的样子，却能勾起人们对古城历史的联想。向北望，白河宽阔，伸向远方。远处的冶山上，有塔立于山顶，那是冶山塔，相传有高僧在塔内修炼之时，夜晚塔顶处常有串串红灯照耀，又叫“冶塔仙灯”，是密云外八景之一。此塔虽经多次重修，其结构一直保持辽代建筑风格。这座珍贵的辽塔在“文革”期间被拆除。2001 年重新修建了冶山塔。

自河边向北走至旧城西门，这里也是楼房民居。几位老人清晨正在河边散步，向前探问古城旧事。古城在 20 世纪五六十年代逐渐拆除，遗存不多了。古人曾在河边建起石子堤。人们知道并说就在河内侧，现在还有一段残坝，旁边立有碑牌。一位老人正要北行，叫欧志光，76 岁，做过医生，在城里长大，小时候看到过城墙，1962 年高中毕业城墙还在。城墙北侧还有很深的壕沟，那应是护城河，后来填平。

边走老人边介绍，那个位置已是城外了。在加油站旁，看到了那段石子堤，

修复的密云古城墙

100 多米长，盖着塑料篷保护起来了。堤旁立有文保碑，上书“护城古堤遗址”。还有古堤简介：古堤始建于明隆庆四年（1570），清代多有修建。古堤底宽 57 米，高 35 米，采用鹅卵石白灰灌浆筑成。于塑料篷缝隙处，看到堤坝的外貌结构，白灰连接起大块的石子。若非实物，想象不出石子的大小与结构。堤坝很长，自旧城西门瞻云门一直修到沙河村，那里距此地有好几里远。这是多么大的工程呵。古堤遗址距河边有约百米，中间是公路。河水川流不息，千年万载，见证着岸边古今变化。

护城古堤遗址

安乐故城

这几年风调雨顺，降水增多，又有南水北调助力，密云水库水位逐年上涨。这是咱京城百姓的福祉。去年东北部几场大雨密集，让人喜形于色，那盆净水又丰盈了。

这些勾起旧时记忆。密云水库印象，湖光山色烟波浩渺均可省略，唯清澈见底擦抹不去。那是 40 多年前，我与同事去钓鱼。正值夏天，凌晨两三点钟，天色漆黑。坐上带篷的卡车，闷在里面，颠簸摇晃，暑热难当。几个小时之后，车停下来，钻出车篷，天已大亮，岸边泛着雾气。又热又渴，有人支撑不住，一头扎进水里。随之而下，埋头水中，根根水草，粒粒沙土，清晰见底，不知怎的，竟张开嘴，喝了几大口，清凉甘甜，痛快淋漓。

安乐故城北城墙

临近中午，钓上几条鱼。围在岸边，拿出带来的铁锅，𢫬（kuǎi）满湖水，熬出一锅鱼汤，并无作料，鲜味扑鼻。有人说，这叫原汁原味。不禁奇怪，常说原汤原食，湖里的鱼水，也能激发出如此道理。

多少年过去，看到过湖水涨涨落落。记得水面低时，向湖心急剧收缩，岸边茂密的植被下，裸露出了几米高的黄土，似束起了一条腰带。而今水位升高，没过旧时植被，甚至岸边的大树也淹了半截。真为水库增容高兴，只是鱼水结合的鲜香未能化解。

当年不辨水库方向。这次是从北岸进入，那个地方叫不老屯镇，有着许多奇特故事。以前曾有不老屯村，古时叫不老庄，1958 年建水库，村子向北迁徙。为何村子得此诱人之名，因为这个地方养人，八九十岁的老人众多，百岁以上的老人也有过几位。一地老人长寿，大都得益于环境条件，全国长寿村有许多，不足为奇。奇的是光绪《顺天府志》也推波助澜：距密云城区“五十里不老庄，旧传有五百岁老人居此”。如何有了这等神奇传说，且在志书中记载，官方传播，不得其解。

不过此地古老是实，水边北岸有城堡残墙，至今存有几段，黄土夯筑，这是中国传统技法，有着几千年经验。北墙存留最多，断续有约上百米长，二三米高。

安乐故城西墙

墙体剥落，能细辨出六七公分厚的密实夯层。西墙断续几十米长，高约两米不等。东墙没有遗迹，无法得知距西墙的长度，现场查看，至少也在 500 米。南墙只存二三十米长，却有五六米高，想象得出城堡当年的巍峨壮观。南北墙相距估算有约千米左右。城堡为长方形，面积巨大。城堡北高南低，呈坡状。西南墙角与那段残存西墙并不直对，似乎从中间拐了弯儿连向南墙，可能城堡缺了一角，形如“凸”字半边。

城堡北靠大山，东西丘陵，南面低洼开阔。古人定位选址，考虑山水形胜。此地宜居，城外南面聚居了民众，称燕落村。城里空旷，种过庄稼。背山面水，村民把这座城叫后城。1958 年修密云水库，村民向北搬迁。三十年河东，三十年河西，后城竟成了安家之地。燕落村在密云区最大，现有 1700 多户，4000 多口人，分 13 个生产队。至今密云水库高涨时，还能漫到城墙边。

这是何时古城堡？查阅光绪《顺天府志》：密云县城“东北……五十里……安乐庄……为魏安乐侨郡故城，故名”，并继续引文佐证，“《密云丁志》：安乐庄……其为燕乐之论可知。《薛志》谓此即安乐郡，误。按：《薛志》不误，《一统志》引《魏地形志》云，安州领安乐郡，又引志云，安乐侨郡故城，在今县东北五十里。”《方舆纪要》也认为：“安市废县在县东北五十里，汉辽东属县，后

安乐故城西城墙

魏侨治于此。”

历史上有多部《密云县志》,《丁志》所指是丁符九、赵文粹修，张鼎华、周林纂的那部，为清光绪七年(1881)刻本。《薛志》是薛天培修、陈弘谟纂的一部。薛天培做知县时编修，这部出版较早，为雍正元年(1723)刻本。丁符九认为：安乐庄就是燕乐，并认为薛天培说这里为安乐郡是错误的。《顺天府志》在此加了按语认为：薛天培的观点正确，并又援引《大清一统志》：安州属下有安乐郡，安乐故城就在县东北五十里。

地域的行政区划非常复杂，此地自秦汉以来变化不断，三国至北周时期更为错综，密云地区属于魏地。至东魏元象元年（538），杜洛周起义军攻陷安州。安州属下有密云郡、安乐郡、广阳郡，下辖8个县中就有燕乐县。此后北周改安州为玄州，属下有安乐郡，仍辖有燕乐县。古城曾有郡、县治所，所以安乐也是燕乐。

民国时期的《密云县志》说得更为明确，“燕乐庄，至县五十里。旧志作安乐庄”，并加了按语，“今亦通称燕乐，无称安乐者，仍当以燕乐之名为正”。后志对前志有勘误责任。古城至民国时已统称燕乐庄了。再以后，燕乐音转为燕落，庄也改称为村，成为今日燕乐村。有人觉得，由城区沿密云水库边缘，路途很远。

安乐故城南城墙夯层密实

而古人走的是古道，正好50里。

村民搬入，古城巨变。新建的房舍覆盖了绿油油的庄稼，平整的水泥路压实了松软的耕地，百姓安居乐业。城里没有更老的房舍，古时遗迹荡然无存。遥想当年，一座巨大城堡，郡治县治等多级行政机构办公，各有建筑，还有绅士富贾，庭院寺庙，街巷纵横。然而战争频仍，朝代更迭，砖瓦碾碎，化为泥土，聚散无常。有谁能知曾经绵软松散的耕地中埋有什么旧物，鳞次栉比的房舍下曾为何时基础。唯一能知的是城墙之高，占地面积之大，印证了上千年的历史与曾经的辉煌。

安乐故城南城墙

共工古城

上千年的城堡尚属年轻，燕落村向南八九里是金沟村，此处还有一座城堡，黄土夯筑而成，当地人称土城子，1958 年修建密云水库，全部被淹没于水下。1972 年大旱，水位下降，土城子露出水面，许多村民曾看到过，呈方形，有人估算，四边各约三五百米长。当地人认为，土城子即共工城遗址，若果真如此便更为古老。

光绪《顺天府志》记："安乐庄相去数里，有共工城，舜流共工处也"，又云："故龚城在檀州燕乐县界，故老传云，舜流共工幽州，居此城。"《昌平山水记》载："共城在县东北五十里，亦作龚城。"《方舆纪要》引用多家志书，做了相关考证：共城也称龚城，在檀州燕乐县界，在密云县。密云城区东北 50 里正是现在的

水下存古城

燕落村，从地名与距离上看，与志书相合。

共城以共工得名。共工作为中国古代神话人物众所周知。笔者小时背诵过毛泽东诗词《渔家傲·反第一次大围剿》，“不周山下红旗乱”，便知道了这个传说，“共工怒触不周山”。共工被认为是水神，掌控洪水，曾与火神祝融氏水火不容，两神之间发生了惊天动地的大战。共工失败，并不服气，怒触不周山。《神异经》中描述了共工的形象：“西北荒有人焉，人面，朱发，蛇身，人手足，而食五谷禽兽，顽愚，名曰共工。”

《三皇本纪》中有祝融与共工之战的记载：诸侯有共工氏。任智刑，以强霸而不王。以水乘木。乃与祝融战，不胜而怒。乃头触不周山，崩，天柱折，地维绝。《淮南子》有记：昔者共工与颛顼争为帝，怒而触不周之山，天柱折，地维绝。天倾西北，故日月星辰移焉；地不满东南，故水潦尘埃归焉。《山海经》认为：此战为黄炎战争之继续。可能共工的影响力巨大，后人加以演绎以至成为神话。

《史记·五帝本纪》中记述了共工与此地的关系：尧对共工有过评价，认为他口才好，而用意邪僻，看似恭敬，罪恶漫天，不可用，“共工善言，其用僻，似恭漫天，不可”。而舜向尧建议，让共工去幽陵，改变那里的风俗习惯，“舜归而言于帝，请流共工于幽陵，以变北狄”。北狄是古代北方多个部族的统称。《括地志》

燕乐村人的情趣

认为，幽陵就指密云北部。共工迁徙到幽陵后，在潮白河冲积成的燕落盆地修筑了共工城。

北京古时称蓟。西周中后期，燕灭了蓟，迁都于蓟。密云地区属燕国。据凤凰山商代古墓及出土的黑色陶器考证，约 3700 年前左右，密云地区为商朝领地，据燕落寨、转山会等多处人类遗址考证，在约 4000 年前，与中原夏代同时，已是尧舜生活的时代。共工城的建造按此要上溯 4000 年前，比琉璃河商周遗址还早，可谓北京历史最早的古城。

望着起伏缥缈的水面，只能去想象古城的形态与神韵。曾为文物所长的专家祝自祥做过调查，土城子年代久远，难辨城墙模样，却能看出黄土平台，明显高于周围地面。有共氏家族后人对古城颇有情结，总想进行水下勘探，议论过多次，限于工程复杂等诸多原因，没能成行。

留下怅惘与遗憾，而对这片清澈水面忽然感到幽深与迷离。感叹吧，此地或许还会续写出不老的传奇。

密云库水碧如蓝

第二部 西协

第一辑 墙子路

《日下旧闻考》："墙子路关砦一十一，东自鱼子山，西至大黄崖口，延袤二百三十一里。镇鲁营下关砦五，鱼子山砦、熊儿谷砦、南水谷关、北水谷关、灰谷口砦，俱洪武年建，边城一百四十五里，空心敌台十座。墙子岭下关砦六，黄门口关、南谷砦、墙子岭关、磨刀谷砦，俱洪武年建，小黄崖关，大黄崖关，俱永乐年建，边城八十六里，空心敌台六十九座。"

上峪村城内墙

墙子路城

从村口看，墙子路村在密云显得很普通，新房成排连片，街巷整洁，路灯、健身器材齐备，与其他村相似。走进内里，感到了不同。村中心有座古庙，原址上翻建，名三堂庙，内供佛像、唐僧与娘娘。京畿农村，多有道释合一的寺庙，而这样的供奉却是少见。再看三堂庙，保持着原样，三楹，间量开阔，比普通村子的寺庙大了许多。便有了疑惑，为何村里能有这般大殿。

三堂庙前两侧各有块石碑，汉白玉石质，上有文字，字体浑厚刚劲，一块“永熙门”，一块“安边门”，又有小字，上款“皇明万历三年岁次乙亥仲春吉旦立”，记下时间；下款“钦差总督蓟辽等处军务兵部左侍郎关中杨兆书”，记下书写人姓名。石碑为东门与西门的门额，嵌于城楼。此村明初建有城堡，朱元璋时

墙子路三堂庙大殿

即已建造。《四镇三关志》记："墙子岭营城堡一座，洪武年建。"城堡面积不小，《昌平山水记》载：墙子岭"距密云七十五里，城周一里三百一步四尺，三门，参将一人提调一人守之"。清代编写的《密云县志》有过更为准确的描述："墙子路城，县东北八十七里，距墙子岭正关三里，明洪武年建，周二里有奇。城形，前正方，后枕山麓，置东西南三门。"墙有两三丈高，近两丈宽。城大体为长方形，开有三座城门。门上建有城楼，砖石结构，坚固壮丽。

村子还有不凡。此地皆山，称墙子岭。村名墙子路，是因明代有路的军事建制，指挥中心设在这里。明万历三年（1575）修复城堡，规模成为现在看到的样子，同时写上了机构名称墙子路。路是明代的军事组织，是镇下一级设置。密云属蓟镇管辖。蓟镇是京城东北的重镇，一直管到山海关，下分三协，如同现今军分区，每协分为四路。密云境内，以石匣为中心称西协，兵分四路：墙子路、曹家路、石塘路和古北口。墙子路明代驻有重兵，由参将 1 人提调 1 人统领。参将是仅次于总兵下的高级将领，手下有士兵万人，管辖着关寨 11 处，敌台 79 座，长城延绵 239 里，包括现今平谷的部分境地：南自鱼子山，经南北水峪口、熊儿寨口、镇罗营上关口，再经黄门子口、南峪寨口、墙子路上关、磨刀峪口，直到大小黄崖口。

墙子雄关守卫的长城

本村人王树才介绍说，古城南门还有一块门额，写的是“墙子路”，可惜此门额早已丢失。又说，三堂庙门外还曾有一块碑，上面写着一首藏宝诗：南道通北道，酒缸银子十八窖，谁得到谁修老爷庙。谁也不知藏宝诗的真假，也没人发现这个宝藏。如今碑已无存，留下来的只是人们的记忆，这是一段趣事。这座三堂庙与东门外东庵庙规模较大，正殿之外，还有东西禅堂配殿等。三堂庙没做全面修复，只修了大殿，这已不易。三堂庙内当年曾供有多尊青铜古佛，铸造精美，神态各异。墙上还有壁画。

村里还有很多寺庙：东门外有龙王庙，西门外有玉皇庙，南关西头有五道庙，北门内山坡上有真武庙、火神庙、马王庙、城隍庙、药王庙、文昌庙、关公庙，街里有观音祠、土地祠、观音洞等，共有十几座。古城当年还有三座古塔，高约1丈5尺，一在南沟口，一在东门外东坡，一在北沟口。有众多寺庙，又有古塔，俨然一座大城堡规模。现在古寺古塔已无存留。

奇特的是观音洞，在城内东大街北头悬崖下，阔如正殿三间，依崖又建出半壁前廊。石洞天然，半圆形，外广内狭。洞内正中莲花台上，端坐一尊5尺高的观音菩萨像，旁有男女二童子侍立。步入神像后面，窈然昏暗，入者不可言黑，只能说亮堂，片刻便觉光明。洞中有甘泉从崖缝溢出，水声叮咚，如若鸣琴，滴

墙子路永熙门额

入小池，传说用来洗目，可去眼疾。平时可供一人饮用。大旱之年，井水干涸，而此泉长流不息，农家到此取水。当年泉水多时，曾溢流街上，人称之为圣水。每年二月十九日，观音菩萨圣诞，这里有观音庙会，说书唱戏非常热闹。观音洞庙宇在 20 世纪 50 年代拆除，存有古洞。如今观音洞做了维修，重新塑了佛像，庙宇也大至恢复原样。

三堂庙前地方空旷，像个小广场，中间立有电子显示屏，播放着北京时事新闻和村里大事。这个位置古时是戏楼，每年正月十五都要在这里演戏；东庵庙前也有戏台，秋收时在那里演戏，功能不一。一个村能建两个戏台，并不多见。王树才 63 岁，对文化上的事很热心，有才华，写过歌词谱过曲，是村里的文化人。村里有老房子，三堂庙旁的贺友明家就是之一。五间正房，上盖灰瓦，门窗还是原物。窗下种着一簇芍药花，格外醒目，养了 40 多年，街坊邻居喜欢，便挖走些，直到现在，还有一大丛，开得正艳。鲜花与房子相互辉映，趣味盎然，别样感受。

王树才说，城内东街街北曾有清都司衙署，旁有多株古槐，粗得要三四个人合围，20 世纪五六十年代还有遗迹。城中心曾有蔡家四合院，书香之家，金字匾额，石兽守门，砖雕影壁。城内街巷，整齐对称，笔直平坦，路上多用大河光石

民居坎墙下芍药花开得正艳

铺墁。胡同名称也是旧时称谓，如北仓胡同，是明代仓库旧地；四眼井胡同又叫北胡同，因井口凿出四孔而得名；东营子胡同，是兵营之地，位置在城东。这些记忆说明着古城曾有的辉煌，只是胡同两侧已为新式房舍，地面也用新材料硬化。军事重地，存储粮食物资，兵士驻地，成为这一带防御驻兵之地。西门外有教军场、演武厅，南山下有南操场，均是古代练兵之地。如今演武厅、教军场等仍为空地，为了充分利用，上面种着庄稼。

王树才说，他家院子里还有一段老城墙的遗迹。于是来到他家，果然看到了巨石，还有老城上的青砖，这是老城的东墙。村里只有这些残存还是也有其他遗迹。我们向北来到一户人家。院子干净，新盖的正房也宽敞。来到东侧厨房的后面，看到了一段城墙，三四米高，上面多有千斤以上的巨石，看来城墙也是就地取材。女主人叫崔常凤，66 岁。她说，石墙连到北面的院子，南面还有。问起城墙为何能够存留。女主人说，过去生产队的时候让拆，可那时觉得是几百年的老物件所以没拆，后来盖房子也没敢拆，现在就更不能拆了，这是国家文物了。女主人的话让我感到意外，这是自家利益的大事，难得有人这样去想。

出了院门，踩着坍塌的墙体，可以走到墙上，还是古城东墙。残墙高低断续，约有上百米长，两侧全是民居。上面可以看到墙的内里。南望，墙里为碎石与土

墙子路城墙上残存的砖石

充填，上面堆放着柴禾一类的杂物；北望，城墙与房顶一样高，上面整出平地，垫上土，种着菜。这是否也算一种保护呢，有了这些旁人就不能触碰了。仅存的这些砖与石是证明古城的实物。这家主人叫王志华，68 岁，见来看古城的人热情地说，古城三面有门楼，北面无门楼，却有钟鼓楼，就在山上。这让我们感到吃惊，钟鼓楼都建在城的中心，怎么会建到城门上去。王志华诚心带路，于是我们跟随着向北而走。

刚出村北，大出意外，东西横着多条铁轨，京承铁路自东向西穿城而过。这里设有墙子路站，交通竟然如此便利。王志华说，铁路截断东西城墙，这是 1956 年的事。下了站台，跃过铁道，就是坡地，人们平整土地，种着庄稼。原来这里有多座寺庙。山坡上看到绿树中还有一间房子，很小，那里本要恢复建城隍庙而并未完成。古城残余墙体贴近路边。王志华站住，指着一处旧墙说，这里还能看到城的垛子。原来古城北墙不是直的，随山势呈半圆形，连成一体。借助圆弧，能看到城墙的外侧，为了结实，建有墙垛。

到了城墙的北端，是墙垛基座，由一层层的石块砌成，显得细密。上面已成一块平地，种着庄稼，反复看，不能想象出上面会有钟鼓楼。很多古城没有北门，多因地形而建有寺庙。这里背倚高山，于古城北门的位置建起墙垛，非常开阔，

京承铁路穿城而过

比一般的要大，约有十几米见方，上面可以搭造建筑。问过蔡宝安，他是蔡家后人，有着文化传袭，55 岁，做过 28 年村委委员，更为熟悉村情，说上面曾建有文昌阁，也称文昌庙。阁内有大钟，一人多高。这么大的钟，位于全村最高处，山谷拢音，定然传向四方，也就难怪有人称为钟鼓楼了。后来大钟被人收走，不知放到什么地方。

站在古城最高点，可以看到全貌，一览众山小。古城建在山谷，大部分是平地，少部分是坡地。坡地连向后面的高山。那里现称北楼山，能够清晰看到顶上的敌楼。南边有河，称清水河。河水现今流进密云水库。城内房舍红瓦白墙。正对着还能看到城内南北大街，这是古城主要街道。20 世纪 40 年代古城还比较完整，三座城门上还有门楼，门外有影壁。20 世纪 70 年代以后，开始拆城建房，城堡逐渐消失。

再看古城，群山环抱，背山面水，形制极好。今天看来，也是山环水绕，风景如画。当年墙子路是人口聚集之地，也有文化氛围，古人辟出四景，分别为四座山：仓库北山、笔架山、锥峰山、青龙山。笔架山在南，山峰相连，形似笔架得名。西面群峰匍伏，一峰独秀，即锥峰山，松柏苍苍，传说曾有仙人老祖居于其上。东面青龙山，形状如龙，昂首伸爪蜷尾，蜿蜒起伏，盘踞关口。北面古名

墙子路上山的路旁留有古城墙的毛石

仓库北山，现称北楼山，宛如巨人，正襟危坐，舒臂拥城，能清晰看到山顶敌楼。细看，东面南面等周边山顶也有敌楼、烽火墩台。关口要道，戒备森严，一旦有敌情，四面烽火狼烟，迅速传递信息，能够想到此地的重要。四景之外，再望西南，另一主峰巍峨，岩奇林秀，为诸峰之冠。传说唐代樊梨花曾在此安营扎寨，而名梨花顶。天晴山峰秀丽，一览无余；天阴则云雾缭绕，梦幻一般。当地有“梨花顶盖帽大雨就到”的民谚。

说到民谚，这里还有许多故事传说，仅与战争有关的就有不少。比如肉岗沟：关口外有西沟，传说闯王败兵至此，两军展开激战，很多逃难百姓在沟中躲避，混战中伤亡，尸积如岗，故名肉岗沟。炮打安营寨：传说闯王败兵到南峪安营扎寨，青龙山上大铁炮开火了，误中西崖子上，轰下大堆乱石，所以此处称为乱石碴，而南峪寨当地人认为是闯王安营扎寨的地方。将军坟：距关口约 5 里的二道河村旁，有一座高大坟冢，古木森然，寒风凛凛。传说古代两军交战，有位将军战死。战士每人兜一兜儿土掩埋，顷刻成一座大坟，不知姓名，故称将军坟。而今乱石碴、将军坟，已随新中国的交通建设，辟为公路。而这些口口相传的记忆流传至今。

回味故事传说，并非空穴来风，也能品味出某些历史真实。有记载，这里确

墙子路村全貌

实发生过诸多战事，规模巨大，有如战役，以至多位高级将领战死沙场。《日下旧闻考》援引《方舆纪要》："墙子岭在密云县东北古北口之东南，嘉靖二十四年，诺音二十万骑溃此而入，大掠通州，及顺义、三河诸县。"北方 20 万大军从这里攻破防守，南下三河、顺义、通州，抢劫一空而去。通州是京东的门户，京城的粮仓，"大掠"已经说明了程度，怎能不让皇帝心疼。战事并没完结，"四十二年，谙达复由此入，其东北为磨刀谷，嘉靖中尝失守。"嘉靖四十二（1563）年，俺答军又从墙子岭杀入，而且磨刀谷关口也曾在嘉靖时失守。磨刀谷即今磨刀峪口，临近墙子岭，在今泉水河村附近。《明史》中也做了同样记载，且记得更为详细：嘉靖"四十二年……冬十月丁卯，辛爱、把都儿破墙子岭入寇，京师戒严，诏诸镇兵入援。戊辰，掠顺义、三河，总兵官孙膑败死。乙亥，大同总兵官姜应熊御寇密云，败之。"这一年的入侵，震惊京城。总兵官是蓟镇的最高指挥，竟然战死，足以说明战斗的激烈。皇帝下诏，大同总兵官赶到密云增援，才把俺答大军赶走。

明末，这里依然是重要战场。100 多年过去，清人崛起，依旧选择此地为攻入京城的门户，皆因这里是东北方向进京最近的大道。《昌平山水记》载："崇祯十一年总督侍郎吴阿衡死焉。"《明史》也载：崇祯十一年（1638），"大清兵入墙

墙子路残存北城墙

子岭，总督蓟辽兵部侍郎吴阿衡死之。癸未，京师戒严。”又一最高指挥官总督侍郎战死，再次震动京城。可见此地对于大明王朝的意义，也就看出朱元璋在此建城堡的远见。《清史稿》载：崇德七年（1642）十一月“阿巴泰奏，自墙子岭入，克长城，败明兵于蓟州”。

墙子路本由参将统领，战事吃紧，总兵官放心不下，来到关口，亲自督战。几位军队高级将领战死沙场，令人难忘，而死伤的官兵，更是巨大数字。历史已经留有记载，当地人民能无记忆？口口相传，人物姓名有了更换，有了演化，有了传奇，便有了生动，产生了那么多的民俗文化。这可能就是关口之处，防御中心，人员汇集的成因。

这样大的战事，关系到大明王朝命运，平时的驻防训练格外重要。墙子路管辖这样大的面积，处于交通要道，建有众多寺庙，也就有了人口往来。城堡内有军队高官办公，有士兵，有周边百姓，那么多人的衣食住行，柴米油盐，也会带来各种商机。而生活状态究竟何样，程度如何，无法想象，史志主要章节里也不能记载，只能从这些记述中去猜测。

有幸清朝人孟远来过这里，写下了文章《墙子岭记》，描述了当时的景象：“明时密云设总制，重兵镇此地，计十数万，旌旗蔽天，金鼓达旦，月无警报，则玺

墙子路城墙上巨大的石块

书劳之，高爵显荣之。国家方竭，天下全力而供此路，居室填密，商贾远来，洵一大都会也。”这些文字渗透着多方面的信息，提供了丰富的资料，可以视为正史的补充，而且来得更为生动形象。墙子路地处前线，固守边防，就是解决了明朝的最大问题。皇帝心安，自然要有赏赐，尽管国力不足，也要竭尽全力供给墙子路。城里驻有众多官兵，还有更多的居民，城里住不下，便住在城外。有专家考证，东门外有地名东栅子，因有居民而设栅子门；西门外亦有许多地下房基，也是证明，三座城门外都有百姓居住。行商坐贾，远道而来，集聚于此，因而带来了这里的兴旺，别看不是县治，地处边关，商业繁华程度，犹如大城镇一般。

而到了清代，边关作用下降，此城堡便现出冷清，甚至是荒凉，与明代迥异：路上见不到居民，也没有人愿意在这里干活打工，只有当兵的居住在这里，一切活计都由当兵的干。年轻力壮的很少，多是老弱的士兵，无人更换。军队级别下降，由参将改为都司统领，士兵老弱，何谈战斗力。道路不通车，居民无法相聚。虎狼出没，上山樵采之人，常常被吃掉。人们生活状态令人叹息。孟远去墙子路时，正值冬暮，“阴风凛瑟，山重水涸，惟闻狐嚎鸟哭之声。夜静击柝，明月在天，四顾悲凉，惨焉欲绝”。多么悲惨的景象。

孟远做了对比：“今之土屑瓦砾，昔之台殿亭榭也；今之山椒崖麓，昔之妓楼

强子岭长城

歌院也；今之白骨青磷，昔之斩将擎旗，钟鸣鼎食也。”明清两代的反差，有如天壤之别，从中衬托出明代的辉煌。作者感慨万分：“有盛有衰天道？夫实有人事哉。”所有的原因都是因为“今中外一统，无所用兵”。不打仗了，边关的作用消失，也就没有了此地的繁荣。此文作于康熙十九年（1680），距明朝覆灭仅 30 余年，就出现如此巨大变化。至清代以后，边关稳定才逐渐成为村落。

文中还对周围环境作了描写，这里曾是“地皆黄沙砾石，不可耕种，无土田之利”。清代以后，城堡便彻底失去作用。民国编写的《密云县志》记：“都司裁，城废。”而今这里的景象也是大不相同，绿色已包裹着古城，山上不仅有果树，地里种着庄稼，一片生机。确如孟远所言，时代不同，作用也会发生变化。如今的墙子路已是新农村，安居之所，既无刀光剑影，也无虎狼成群，而古城经历过的历史不能忘却，墙子岭城曾为墙子路，军事中心，有过大城镇的辉煌，会给山村增加浓重的文化积淀。

强子岭长城敌楼

墙子关城

自墙子路营城东行 3 里，就是墙子岭长城关口。此地军事意义极其重要，两山间峡谷，关外大队人马可以进入。明初建起城堡，与墙子路营城同时，相互呼应，称为关上。《四镇三关志》载："墙子岭关，洪武年建，通大川，平漫，南高墩窝铺顶，正关月城，河口俱通众骑，极冲，余山险，缓。"城开东西北三门，庆幸的是，至今北门尚存，相距很远，便看到了，不禁一喜。渐渐走近，看清了门上匾额，汉白玉石质，阴刻"墙子雄关"，四个大字龙飞凤舞。匾额上款竖刻"万历四十五年季秋吉旦"，四个大字应是这时题写。下款落有众多官员名字，皆任此地要职。此城堡与墙子路营城一样，也于万历年间做了重修，只是晚些时日。

城门前站了许久。城堡不大，坐南朝北，背山面水，空间受限，南北短，东

墙子路关上城堡北门

西长，约 100 丈，呈长方形。城门墙体突出，青砖下为条石。两旁墙体由巨石砌成，墙是老墙，顶部有拆除，整体还是旧模样，约有上百米长。这是仅存的城堡。一位老人从这里经过，站住看着我们。此人名孙玉，70 岁，以前在镇医院工作，是位老大夫，什么病都能看，当年的赤脚医生。他是村里文化人，熟悉古城。关上是自然村，隶属北沟村，说得确切，是关上生产队。村里有约 80 户，近 300 口人。问到城墙，说小的时候很完整，曾在上面掏鸽子蛋，玩藏猫猫。人民公社时修护村坝，开始拆城砖，后来建砖厂，陆续拆没了，只剩北门两旁一段。城门看着比原来矮，又无门楼，显不出雄伟，因地上垫起 1 米多高，脚下条石只露出三四层，下面还有多层。

关城所处，地形险要，周围皆山，城门外流淌着清水河，现在水量不大，当年曾经波涛汹涌，所以要修护村坝。长城横跨河上，建有水关。《昌平山水记》载：墙子岭“有水关，水东流至石匣，南入于潮河”。光绪年间编修了《密云县志》载：“墙子路关，通连骑，县东九十里，在墙子路城东三里，有堡，东南通蓟州将军关。道南清水河，由关北入边，西北流注清水河。”还有清朝人孟远写的《墙子岭记》，文中写道：“周围皆崇山峻岭，其上延袤垒壁，相传始皇所修之长城也。下通路一线，立洞门启闭扃钥曰关。”从文字上看，明长城之前曾经有秦长城，时间

墙子雄关匾额

相隔那么久，有也是残迹。当然这是传说，不能全信，也不能不信。而有水关是实，为我们亲眼所见。

再问水关情况。老人说：曾经有水关，距城堡不远。水关有三座水洞，既走水也走人。走人的洞门可启可闭，有官兵把守。清水河上游自南峪寨口门流出，向北一转弯，流入墙子岭关口，从长城下面的水关钻过，所以此地有“一水流二关”之说。光绪二十六年（1900），清水河发大水，随水冲来大量柴禾，塞住洞口，水关因此冲毁，令人痛惜。现在水关早已不在，关前也变成通衢大道。水的北面，穿山凿石，辟出京承铁路，不时有火车从山洞里钻进钻出，奔驰而去。关口要道，古时兵家必争之地，当今依然为连接两地的交通线。

城背靠的山峰叫王小庙顶。叫成此名，是因为有这样的传说：古代一放牛郎叫王小，在此山修炼成仙，用金锅做饭。有人见了便去挖，越挖越下陷，永远也挖不出来。后人一直不知金锅所在，便在山顶修了一座小庙，故名王小庙顶。此山形似凤凰展翅，又名凤凰山，与南面青龙山隔河对峙。龙凤相望，亦成趣话。青龙山上有泉，传说饮之能治病。据墙子路真武庙碑文记载：东近墩台青龙山，其山每出圣水，普济群生。一方百姓常去焚香叩拜，奉为圣泉水。清泉至今常流不息，大旱不涸，流入清水河。邻近村子还称泉水河村。后人曾在泉下建过

城门洞还是旧物

庙宇。

问起城里还有什么古迹。说北门外曾有五道庙，新中国成立初拆了。城里还有三口井，分为东、西、中。孙玉老人引领我们去看古井。进了古城，城门保存完整，楦砖还为原物。门洞两边留有插门闩的孔。城里还能看到城门顶上砖砌的檐。城内街道并不宽敞，内里住满居民。迎面一所房子，上面用的是老城砖。墙下立着一块泰山石敢当。旁边的房子上用着老城墙上的石块和条石，这些应是近几十年盖的。村里多有新房，新砖白墙红瓦，彰显出新农村的气象。也存有老房子，门框窗棂黑旧，能感觉出百年沧桑。老人介绍说，小城分为三条主街。有人说像“申”字，也有人说像“丰”字，南面无门不通，应该更像“甲”字。这可能与城堡形状有关，总之城内建设有构思，不是随意而为。沿街向里走，不远处看到了几块水泥板。老人说，这下面是中井。透过板的缝隙，看到井里，下面有水，井已无人使用。村里多数人自己挖井，开在院内，使用方便。

老人知道我们的兴趣，邀请到家里看看。他家在城堡外。向东一路走一路聊，城堡与长城有墙相连，上建敌楼，很大，是官员住的。有资料说，敌楼长阔各约 20 米，每面有四个箭窗，上下两层，各有四条拱道，可容多人，非常壮观，20 世纪 60 年代后逐渐拆除。按照所指，果然看到了城堡外的城墙，亦有宽大墙垛，

雄关周围皆山城门外清水河

可筑敌楼。城墙上还能看到坍塌的石墙，露出内里的砖墙，如此结实，当年肯定花费了诸多人力物力财力，显示出关口的重要。

老人的院子很整洁。五间北房，玻璃窗廊，盖得敞亮。门前种着芍药花，开得耀眼。院里也有自己打的水井，七八米深就能出水。特意让老人打开电机。对着水管喝上几口井水，水质清冽，真甜，比矿泉水好喝。老人很高兴，笑着说，山里的水就是好。接着又说，这里也有城墙。于是引导我们走向正房山墙一侧。这里果有青砖垒砌的墙，两三米高，白灰抹缝，十分结实。老人盖房时没动城墙，知道这是文物，要保护，并没为了扩大建房面积而拆除城墙。城墙与山墙形成夹道，侧身走进，房后空地是个小院，还能看到很长的墙。思想便有了穿越，长城外的脚下，当年正是运兵打仗之处，谁能想象，几百年后，有人能建造房舍，在此安居乐业呢。老人家房子地基，也有几块巨大条石，那是从山上城墙运的，十来个小伙子向山下推，十分费力。当年修筑长城要向山上抬，又是那么多巨石，难度可想而知。

院子外面还有一道矮墙，古时为了拦住南山上下来的水，避免冲坏城墙。站在这里能够看到城墙残迹。长城从北边越过泉水河口、家堂沟口、小关门口，爬上峭壁，又直下悬崖，渡过清水河，跃上王小庙顶主峰，然后向安营寨口、黄

墙子路关上村里老房子

门子口南去。山势陡峭，长城也自北向南随之起伏，似一条起舞的长龙，姿态雄伟。

这段长城有两处五十一蹬。叫成此名，一是有人认为，长城过一座海拔 900 多米的大山，城墙自峰顶而下，在墙顶砌有五十一蹬台阶。另有人认为是指垛口，东北方有 11 个，西南方有 40 个，一共 51 个，所以得名。修垛口可能是为了便于瞭望和攻击。这段东西向的长城，向东一直修到山顶。去五十一蹬，从长城上走，距离最近，但山势陡峭，城墙残破，已是不能，需绕道干峪沟村。那里偏远，房屋年久失修，几十座老屋院落近于荒芜废弃。有眼光的人偏偏相中，加以改造，成为一家一院、高低相间、错落有致的山里寒舍，捆绑山上的五十一蹬长城，整体经营，效果不错，算是后发优势吧。

山峦之中，还有另一独特之处。关上村水关上，山似斧剁，不能攀爬，只能从相邻的泉水河村上去。长城墙体已多残破，能看出内部结构，砖墙内砌上石块，十分结实。山势结点处，多建有敌楼。站在敌楼上，回首山下，一山当中，两边峡谷，便是“一山辖两谷”的景观。这里地理位置太重要，防御者费尽心机，建起连绵城墙敌楼。城墙上徘徊，发现了城砖上的“河间”，文字清晰，这是做砖人的标志，还有的写着“河间营”“河间营造”等。当地人说，还曾发现过“万历十

带河间二字的城砖

年沈阳营秋防中部造”字样。

说到砖，墙子路营城外有古砖窑，在营盘沟口东高岗上，尽是黄土，就地取土烧砖，建有数十座砖窑，20 世纪 50 年代曾挖出过整窖砖，如新出窑一样坚固。这是当年修长城大量用砖的见证。后来有人发现，此地向北的金山岭长城上有刻着墙子路造的文字砖。20 世纪八九十年代因为取土垫地，窑址已无存了。细想，这里不仅是关口要道，驻有重兵，还是烧制城砖的基地，要吸纳多少人在这里劳动。

环顾四周，山峦起伏。有段城墙垛口如锯齿，随着山势急转而下，又陡然而上，几乎弯成 90 度角，恰如英文胜利的字头“V”，如此形状，为万里长城独有。抗日战争期间，八路军在此战斗过，所以在纪念抗日战争胜利 70 周年之际，有人把这段城墙拍出照片，用在各种宣传物上，作为中华民族的标志，颇有意义。

城墙在此屹立了几百年，是中华民族不辱强敌的象征，也是古代多民族争斗交往沟通融合的见证。

强子岭长城险要

堡子里堡

《密云县志》中没查到堡子里村。自大城子镇向山里走，原来下栅子村下辖着11个自然村，堡子里只是其中之一。当地人把城堡称为堡子，读音“补子”，很多地方也这样念。为何称“里”，这里四面环山，周围并没有再大的城堡，堡子就是这个村，看来“里”在此不是里外之意，而是古时称谓的市里村庄，为行政单位。而“里”多在县城周围，为何在深山之中这样称呼，令人生疑。

堡子里有城堡，想着时隔几百年，不可能留下什么遗迹，笔者怀着探索与勘查的心情来到这里。进了村便到了山边。房舍依山而建，于绿树掩映间，现出房脊山墙，传统北方样式，颇有意境。村口有红砖民居，透出新农村的气息，老房子又显得古朴，新与老正在交替。民居建在坡上，为了整出平地，便用毛石垒成

堡子里城门及主街

梯田坝，有的能有几米高。这就是山村建筑特色。想到了靠山吃山，建材格局形制皆如是。不经意间，能看到房子基础上的巨石，约有 1 米多长，上千斤重，不禁感叹搬运之艰。

村里街口，偶遇村民，扛着锄头下地，上前寻问。原来这街口正是城堡北门。此时已不能看出城门的形状，两旁盖起房舍，全用石砌，下面的巨石便是古城的基石。这些巨大石块经过敲打，没有錾过，并不精细，说明城堡资金并不充裕。旁边留有几块巨石，盖房地基余下的，应是当年城门所用。两边还有当年城墙的石块。城外下坡，显出街口两座房舍很高，想象着当年城门建在此处，也会显得高大。

村民叫李淑兰，身材不高，很精神，也热情，带着我们进入城堡。自北向南，一路上坡，这是城内南北主街。两边房舍墙上多用石块。迎面写着“毛主席万岁”字样。堡子里有着不少老房子，都很宽敞，面阔五间，前面有着院子。在一家房前驻步，房子做过修复，而门窗还是旧物。门上拴着门杠，可以转开。进门，灶台凉了，里间屋摆着红漆柜子，让人想起老旧物件，想起那个年代使用的家具。上面已经落着一层尘土。土炕上没有铺盖被褥，凌乱堆放着许多玉米。主人起码几个月不在这里居住了，估计是有合适的事情可做，到镇里或是进城，离开了

村内民居

山村。

出了门，边走边谈。李淑兰 62 岁，嫁到村里的，每天都干些农活，患有糖尿病，还要围着村里走几圈，锻炼身体，有着健康意识。前行拐弯儿，约行百十米，到了尽头。她说，这是城堡东门。这条街在东门外，一侧正是城的东墙。城墙能看出地基，上面建起房舍，互相连接。再向南上坡，地势越高。城东墙也随之向上，房舍用着碎石，墙下有巨大石块。李淑兰拿起锄头，指着高处的大石块说，下面一段还是当年的旧城墙。这些就是古城墙的残存了，断断续续。

东面坡下有一院落，还很整齐。院里有着地窖，是储藏食品用的，这里盛产红肖梨，放在地窖里，能存很长时间，保持新鲜。主人叫陈久元，87 岁，生长在这里，这所房子也有上百年了。老人很高兴，把我们让到屋里，安排坐下。土炕上放着小饭桌，上面有几个塑料袋，装着几种食品，应是从城里集中购买的，示意让我们吃。老人的老伴去世十几年了，孩子进城上班，老人只身住在这里。

问起古城。老人说：城不算大，是个小城圈，全是石头的，以前要完整得多，有两三丈高，上面有六七米宽，没有门楼，小时还在城上跑着玩，后来盖房子，逐渐拆了。城有南北东三个城门，没有西门。过去城东有砖窑，城里没寺庙，也没井，吃水要到山下井里去挑水。现在村里有了自来水。

堡子里村的桥

这一带的城堡多建于明代，而具体何时，并无再多记载。城的建造特殊，西门南门在坡上，墙因地势而建，南北略长些。而一座小堡，为何开了三座城门，是因这里的地形特殊，为出行方便，还是别的什么原因，还不能确定。现在南门已无，西墙不在，只留有东墙与北墙的残迹，山坡上少有平地，人们借助城墙建起房舍，地基与城墙相混，若无特殊说明，已难确认。

在村里行走，很少见到人。堡子里村约80户，200人，而常住的只有一半人。老人说，过去村里人不少，现在外出走了，剩下的不多了。留在村里的也多像这样的老人。所以是自然村，条件艰苦。老人很愿意多聊一会，而我们急着赶路，只能告别。老人送出家门，又送出院门，站在前面那小块平阔处。我们一路下坡，走了很远，回头，老人还向我们招手，并双手合十相送。

想着老人，想着山村，想着古城。

绿树掩映堡子里村

大黄岩关

溯流向北，大清水河把黄岩口村分成两半，中间用桥相接。河水干涸，桥很简单，支起桥蹲，铺上水泥板，下面可以走水，上面对开汽车，实用。村子本来不大，几十户，上百口人，是个自然村，因河分成河西、河东，房舍稀落，宽绰。河西有古城，方形，由砖石砌成，现在还存留着东城墙 50 多米，西城墙 20 多米，墙高约 1 米不等，厚约两米，墙体原来要高很多。城堡早已荒废，种着各种果树。

村民多住河东，这里多有红砖新房，还有看似民居，却显露出现代气息，这是为旅游而备的接待户。从门外看，大门窗棂仿旧，内里进行了时尚装修，有着多种设备，以至厨具，自助烹饪，估计入住价格也不是农家乐了。村南一片平地，这在山区很难得。有村民在地里干活。

黄岩口截出水库

仔细端详，河西地势较高，又有古城，应是村民最初居住生活的地方。村外的河水正好做护城之用，可能是古人选择在这里建城堡的原因之一。人口聚集，向城外发展，河东地面开阔，建起了居舍，形成现在的格局。村子东侧便是高山，仰头看去，上面有两座敌楼，让人想到了古时的边关。

沿大清水河北行，便能看到大坝，正在这里，山体出现转折，河水也自东拐来。原来河并非无水，而是受到调节。水库是 1975 年建的，大坝上写着“大黄岩口截流”。截流后的水蓄积在这里，形成开阔的水面，水质清澈，颜色碧绿。四面环山，倒影水中，山体黄色，衬托蓝天，更为美丽。

想起村名，可能依山体颜色而得。这与古书不同，那时写成大黄崖口，“岩”与“崖”，只一字之别。岩指岩石或山峰，崖指山体陡立，各有侧重，形容这里也都适合。水面紧贴崖壁，直上直下，两壁夹峙，双峰对立，河水正好从棒槌山与鹰窝楼山之间穿过。

这样的地形在古代是重要的关口要道。明代《四镇三关志》有墙子路一节，墙子岭下有：“大黄崖关，永乐年建，正关，通单骑，冲，余山通步，缓。”清代《密云县志》记得更详细：“大黄崖口，通骑，县东北一百一十里，在小黄崖口东北，外委戍之。……大清水河由口北入边，西流注潮河。”之所以称这里为大黄崖

黄岩口山势险要

口，是因为西南相距 10 里，还有一关口，山体相似，便有了大小之别，属一个防御体系。大清水河从北向南穿过村子，再拐向西，注入密云水库。

大黄崖关口当年如若没有水库，便为河道。岸边有小路，可通过人马，为当年北方骑兵找寻的通道。朱棣当了皇帝后，知道这里的地理位置重要，便修建了长城，选在山体拐弯儿的窄处，截断道路，挡住通道，形成关口，建立水关。水关位置在大坝下方，如今水库边修了公路，依旧是古时交通的继续。

踱步水库坝上，向下望去，发现一截古旧石墙。同行的付德顺说，这就是水关城墙。这段墙的延长线就是长城，一直修到山上。公路切断城墙，站在路边，透过树木的掩映，向山上看，果然有城墙。墙并不完整，裸露了许多，能够看到内里的结构，石条包着青砖，非常结实。石条錾过，十分平整，墙的缝隙细小，做工精细。贴着墙边，有土坡可以攀登，上面就是城堡。前些年密云文物普查，记录为瓮城。城堡随着山势，在北面修出一角，形成不规则的三角形。城堡面积有 2000 多平方米，周长有 261.7 米，高处 2.7 米，低处 0.5 米。付德顺说，瓮城以前还好，修水库时拆城墙，建起大坝。城内是个平台，一片土地，现在种着杏桃李子核桃苹果等多种果树。村民钱振海正在做着活计。他 53 岁，承包了这里的部分土地，种的果树每年能带来万元收入。

大黄岩关口结实的城墙

付德顺是北庄镇的文化人，58 岁，致力于镇里的文化事业，曾荣获国家广电部颁发的先进工作者称号，犹如是这一领域的劳动模范。他对镇属自然村也熟悉，说当地人把这块平台叫台上，这座城称为马圈。瓮城可能用来圈马，并不排除还有别的军事用途。长城连起对面崖壁，拦住关口，再修到山上。站在瓮城，可以看到水库。当年正可观测关外敌情，若有来犯，可先得知，还可发动攻击，护住关口。

杨家堡

黄岩口村现在隶属杨家堡村，古时也如是，指挥机关“千总”便设在那里，负责这附近的军事防御，相距不远，只有 5 里。光绪《顺天府志》载：距密云县城“七十里杨家堡，千总驻焉”。村子规模较大，户多人广。村里的民居也整齐，有着不少老房子，还有着关帝庙。寺庙曾经当过学校，又做过大队部而得以保护。经过文物部门批准，寺庙正在维修，而大殿内的梁柱还是原物，墙上残存着壁画，柁上也有彩绘。山墙是老墙，上面的檐戗也是旧物，雕刻图案还很精致。看着这些残迹，想着村里为何选在这里办学办公，可能这里条件较好，院落开阔，房间宽敞。村里建起关帝庙，祭拜关公，还是因为地处边关，希望多打胜仗。

黄岩口长城敌台

从志书记载与村里的规模看，这里过去应该有城堡，而村里老人并不记得，2000 年后文物普查也不在册。当地人分析，如果有城堡，很早就会拆除，20 世纪六七十年代平整土地时也会把残存的石块除净。

这里地势险要，多有争战，大规模的便有多次，尤其是明代末年。《明史》中记载有崇祯十一年（1638），《清史稿》中记载了在崇德七年（1642），清军从墙子岭杀入，明确说明攻克了墙子岭长城。大小黄崖口均属墙子路管辖，在墙子岭关口的北面，相距很近。这几次大规模的战斗，清军指挥均是著名将领，如多尔衮、豪格、阿巴泰等。墙子岭是进京城的重要通道，选为突破口，体现了将领的谋略。墙子岭一带的防守也是戒备森严。双方皆有准备，战斗定然惨烈，必然会影响到大黄崖口等多个关口。明人深思熟虑，在大黄崖口修建两座关城，依然没有阻挡住北方骑兵的铁蹄。

古道，前人踩出，形成通道，也是战事频发之地，多有传说故事，如杨家坟与杨家将。杨家堡地处狭长沟谷地带，四周有河，形成天然城堡。村里上百户，没有杨姓。原来附近有个自然村叫杨坡岭，后山坡里有杨家坟。早年间有很多杨家的后人埋在这里。杨家将多年在北方一带打仗，曾长期驻守大黄崖口。还有传说，北宋年间，官兵无力抵抗北方强敌，便在山下挖窖，把财宝埋了起来。后来

维修中的杨家堡关帝庙

没人知道财宝的位置，直到现在也没能找到。

地方古老，有着不少民间故事和神话传说，如棒槌山东窗户与老君堂。棒槌山距此地不远，就在杨坡岭村。村东有几百丈高的山峰，悬崖中间凹进 1 丈左右，像个窗户。传说中，太上老君行游至此，发现大黄岩口群山怀抱，峰奇林秀，便停下来欣赏美景，向东一看，发现窗户里一位老太太在纺线，很是奇怪，定睛再看，原来是一个蜘蛛精得道，在吐丝修炼。太上老君搭起宝弓，射出银箭。蜘蛛精见银光一闪，手疾眼快，立刻打掉支窗户的棍子，窗户关闭。银箭射在崖壁上，生成千年古柏。20 世纪五六十年代，古柏被人砍伐掉，树根还活着，发出芽来，长出柏婴子，位置在东，村里人便称为东窗户。村西那座山峰，山石像一位坐着的老人，当地人称为老君堂。

神话故事传递出了古老的信息，充满神奇，引人入胜。眼见的实物只有两座城堡。为何此地建起两座，规模多大，建于何时，存留着疑问，有待考证。残存的砖石证明着历史的记忆。几百年过去，有如弹指之间，长城截成的关口已失去作用，而建成水库，为民所用。不禁感慨起村里那几间时尚民居，用心者看中了这里，打起了旅游了算盘，正是发现了残石断墙的文化价值。

杨家堡村的民居与围墙

小黄岩关

大黄岩口西南 10 里是小黄岩口，北面不远处就是棒槌山。山是一个脉系，与大黄岩口相连，也是壁立山崖，两山相夹，山色相同。山峰排在一起，像笔架，又似手指，不知是山口处略显低矮，还是关口位置的重要程度不同而分出大小。山上能够看到绵延的长城，还有敌楼。城墙残断，还有坍塌，却还相连。

沿沟谷间公路行走，前方看到了“万里长城”碑牌，兴隆县人民政府 1956 年立，不经意间已然到了河北边界。沟谷间有小河。河床多有碎石，低凹处能见到水。河在此处转了 90 度大拐弯儿，自南向西而来。就在拐弯儿处，山上有塌滑的碎石。那片碎石之间，露出了一段垒得整齐的条石，是城墙。长城在河道上建起关口，截断道路，连到对面山上。

山上残长城

这就是小黄岩口水关。《四镇三关志》记得详细："小黄崖关，永乐年建，正关，通单骑，冲，余通步，缓。"《密云县志》记："小黄崖口，通骑，县东北一百里，在石灰峪口东北，有堡，小清水河由口南入边，西流入大清水河。"这里距密云城区有 100 里，比大黄岩口关要近 10 里，古时在一个防区，水关也与大黄岩口水关同年建造。这条河水古时称小清水河，北面是大清水河，现今行政地图上写为小黄岩河与大黄岩河，两条河都在清水河上游，流向密云水库。

从志书上得知，关内有城堡，便向同行的付德顺打探。老付说：按照距离来看，关口旁边有营房村，城堡可能在村内。营房村建在一个较低矮平坦的山梁上，由于旧址年代久远，加上汛期交通不便，于 20 世纪 80 年代中期迁到山梁下，搬进新址。城堡相距关口仅 1 里路。村内正在修公路，只能绕道。老付路熟，从小路上了山梁，在上面反复找寻，看不到城堡的遗迹。老付真是热心人，打电话询问文物部门，打探专家。

老付引领着，从山梁走下，在坡上果然看到了巨石垒的墙体，北墙、西墙和西南角，只是很矮，高不足 1 米，总共只有几十米长，不特意指明，很难确认，这就是城堡的仅存了。借助土坡，再爬到山梁上，看着城堡，勾勒着当年的样子。城堡地势较高，西高东低，倚着山，面朝河，不会被淹，也能护住城堡。

小黄岩口水关

据村里 2006 年文物普查资料，城堡修有城门，东山建有木楼，称后楼，又名军楼，约有 30 多间房屋。木楼对面建有关公庙，内有关公铜像，手持青龙偃月刀。庙墙上绘有三国故事。庙前有亭，庙后有四棵大松树。清代，此处成为通往东陵的要道，设驻守衙门，驻守官兵 100 多人。慈禧太后去东陵曾多次从此经过。守护东陵的人每年都派人来视察。

边关一带多有战事。点兵台位于营房村西北，大黄岩河北岸。相传北宋年间，为抵御辽国入侵，杨家将曾率宋军在大黄岩口一带安营扎寨，驻守边关。这个村内有一座宽阔平坦的山梁，面积约 50 多亩，宋军每天都要到这里操练兵马，后人便将这座山梁称为点兵台。紧靠点兵台的村庄也被称为点兵台村，现是自然村。

还有传说：到点兵台操练的官兵，常把盔甲战袍挂在途经的一座山岭上，后人将此山岭称为挂甲岭。说到挂甲岭，还有一段神话传说：明代初年，有人传言，挂甲岭是一道龙脉，将来这个地方可能会出皇帝。朱元璋听说后，便派刘伯温前来视察。刘伯温为斩断龙脉，用剑劈开此山。于是山岭中部留下一道断开的豁口，至今如是。

城堡用于小黄岩口关防御，应该建于明代，而明代万历四年成书的《四镇三关志》并没记载，似乎应是万历四年以后建造。而清代光绪年间编修的《密云县

营房村民居

志》中，只记述小黄岩口有堡，却没记大黄岩口的那两座城堡，又有了不解，是因为这里城堡重要，还是因为小而特意点明。总之，没有这几座城堡详细情况的记载，也无门额石碑说明，不知具体建造时间。这里距离小黄岩口关如此之近，可以屯兵，用于军备。总之，能直接称为营房，便是关口防御的纵深，也是村子的初始，之后渐成村落。

山梁上看不出村落的样子，已为村民劳动生产的耕地，庄稼与果树茂密，一片绿色。山梁上住有一户人家。主人叫冯喜财，65 岁，一直住在这里。问起为何没搬。他说，房子在全村搬迁时，刚刚盖好，新房拆了可惜。房子很好，五间北房敞亮，院落也大。现在，他只身一人住在这里。房后就是庄稼，守着这块土地，出门就能耕作，自有方便之处。

现在的营房村是个行政村，管辖着营房、点兵台、葡萄峪、石门子四个自然村。作为自然村，营房村较大，几十户，百十口人。村民搬到山梁下，村容村貌又发生了巨大变化。站在山梁上，正可看到村子全貌，房舍崭新，统一规划，成排连片，全然一片新农村景象。空气的清新，环境的优美，居住条件的改变，这在当今应该非常有吸引力。村口，一位年轻妇女走来，穿着连衣裙，脚踩高跟鞋。上前寻问，竟是南方口音。大出意外，山村不再偏僻，也有了外来人。

营房村 20 世纪 80 年代搬迁新村

河南营堡

我国的地名很有趣，多有缘由，因山河而名便是之一。山南河北谓之阳，相反则为阴，由此生出诸多地名，比如贵阳、淮阴等等。山可分东西，河也有南北，只是在这诸多方位中，少见山北。万物生长靠太阳，可能阴山背后，一年之中所见阳光不多，不适合居住。河南则不同，虽然是阴，堤岸之上，依然可以向阳而居。这样的地名很多，境域有大有小，大河能到省级，小河能有自然村。

密云也有河南。那条河不大，水有特点，极为清澈，名清水河，流域也广，发源于河北省，上游有南北两条，古时称北边的为大清水河，南边的为小清水河。现在为了清晰辨别，改称大黄岩河与小黄岩河，两条河交汇在一起，合称清水河，流向密云水库。河水流经多个村落，在经过北庄镇一段时，走向转为东西，南边

山村

的村落便称河南营村。村子很小，是个自然村，仅二三十户，几十口人，属北庄镇北庄村管辖。

村名多个“营”字，这与方位无关，只因邻近大小黄岩山口，是古代自河北兴隆通往京城的主要通道。明代为防止北方骑兵的进攻，在这一带修筑长城，建立水关。河南营村距小黄岩口很近，仅3里，那里已有一座兵营，称为营房，现称营房村。如此之近，再建营地，留有驻军，成为河南营，说明了这一带关口军事地位的重要。

河南营建于山坡上，历经几百年，现成村落。进村要越过清水河。因发大水，淹了旧桥，正在加高建起新桥，需绕道。一路上坡进了村。村口有人放羊，约三四十只，悠闲地吃着草。村里多是红砖房，是近些年所建，也有青瓦房，算是这里的老房子了。问了村里人，有无老城墙。说在那边山坡下。走向山坡，下面修整出一块平地，种着庄稼。山坡上满是树木，郁郁葱葱，哪里看得出古城的踪影。

来到村里一户人家，红砖垒出院墙，内里盖出四间青瓦房，门窗老旧。一位老人正在院子里做活，便上前搭讪。老人叫刘金义，86岁，本村人，以前住的是草房，后来翻盖了房子，近些年虽做了些修整，仍是村里的老房子。老两口住在这里，老伴有82岁，有三个孩子，都在外面上班，每个月过来看看。村里以前曾

河南营残城墙

有一座五道庙，1958 年发大水，冲了，没修。过去村里没几户人家，吃的是河水，现在吃上自来水了。

问起城墙。老人说有，小时候还在城墙上走。20 世纪四五十年代拆城墙，盖房用了。城墙在山坡上，说着指向他家房后。山坡上一片绿色之中，透过密集的树叶，隐约看出几段细长的石墙，如护坡堤坝一般，那就是了。

于是，顺着老人家房后夹道爬了上去。墙体粗糙，皆是毛石垒砌，石块大小不一。这是城堡的南墙与西墙，仅剩基础，高处一人多高，低处不足 1 米，并不完整，分成几段，加在一起，也只有二三百米长。城北面靠近河边，没有了城墙痕迹，以东西南三面的残迹看，大致能感觉出古城的样子。城堡从地势上看是西高东低，面向河水，形状并不规则。这就是城堡的仅存。

有幸能遇见老人，才知道古城的位置，如若不然，古城便在人们的记忆中消失了。有谁能知道，这样一个不起眼的自然村，当年曾是战略要地，驻扎过军队呢。至于兵有多少，什么级别，发挥过什么作用，城堡是什么样子，面积有多大，城门几座等，则只能让人猜想了。据当地人说，区里文物部门来过人，准备立起石碑，进行保护。是的，从小处看，这也是村子的历史，如此悠久，之间经历多少沧桑，需要搜寻整理，哪怕是空白，也是曾经的拥有，不能忘却。

放牧

令公城堡

令公村，看名字立刻想到杨令公，难道村子与这位北宋名将有关？杨继业曾率兵与契丹争战，屡获战功，最后一战被擒，三日不食而死，可谓英烈。之后又有杨家将演绎出的故事也广为流传。有人说，村民先祖曾居于古北口杨令公庙旁，明末战乱，迁到此村，由此得名。还有称，北宋时期，杨令公一个王姓副将留在了此地，世代繁衍，直至今日。

古北口有杨令公祠。《一统志》有载：杨令公祠在密云县古北口，祀宋杨业。这里距古北口并不遥远，又是南北必经之路。而《昌平山水记》对杨继业的最后一战作了考证，认为不在古北口，而在山西的雁门关，“雁门之北口非古北口也”，应在“雁门北陈家谷口”，所以古北口“城北门外有宋杨业祠”，并非此战的纪念地。河北省也有令公村名，可能是曾经征战过的地方。比如“《丰润县志》，令公

维修后的城门

村在县西十五里，宋杨业屯兵拒辽于此有功，故名。”而这一带也是杨家将用兵打仗之地，留下诸多故事传说，建起杨令公祠以纪念，以至出现村名也不足为奇。

令公村属密云区太师屯镇所辖，四面环山。村子北倚青山，南有小河，俗称南河子，是安达木河的支流。公路从村前经过，在相连的房舍中，看到了城门。村里有古堡，便拐了进去。城门残存着楦，起拱的砖只剩 4 层，多有残损，中间的白灰也有脱落，看着让人担心。下面 4 层基石，平整巨大。城墙外面却砌着现代的红机砖，有伤古意。正在不解之际，忽飘来一句话：这是为了保护旧墙而包了一层。一位老人走了来。他叫王崇永，72 岁，热情地介绍：地面比以前高了，下面还埋着一层基石。

问起村子的来历。王崇永老人说：祖上在明朝初年从山西迁来的，最先在南台，又到了古北口、寨子沟，最后来到这个村。村里以前有田冯两姓，王是第三个，现在成了村里第一大姓，绝大部分人家姓王。田冯两姓祖上怎么来到此地，老人并没说。而老人的家族史与村子来历的说法有了暗合。

聊得投机，话便无忌。老人对古城感兴趣，有着自己的观点，建村的历史比辽代还要早。据悉，村西南出土过辽代砖、锅灶及鱼骨盆陶片等。不过此堡建于何时，并无资料记载，明代《四镇三关志》上也没提到。清代光绪《顺天府志》

老城墙下

上没称堡，也没称村，而为“令公庄”。清代的《密云县志》上记下了“令公堡，把总戍之”。这里不是山谷，却处在岔路口上，也是交通要道，所以在这里驻兵把守。城门前有碑，城堡也列为全国重点文物保护单位长城的一部分。

古城墙北短南长，呈簸箕状，进城又是坡地，一路向上，更有簸箕的感觉。城堡只此一门，叫清野门。城门内有戏台、古井。城里有贯通东西的一条主街，过去街上铺的全是鹅卵石。街上有 4 棵古槐树，每棵要 5 个人才能抱过来。槐树老了易空。树洞很大，里面能钻进 4 个小孩儿。这样粗的槐树很可能不止几百年。只是可惜，怕树空倒了伤人，20 世纪 60 年前后伐了，失去了记录历史的年轮。现在这里也依然是村里最开阔的地界儿。古井的位置放着磨盘碾子等村里废弃的石器。戏台早已拆掉，盖起了新房。地上灰土路，只在东侧一段保存着古时地面的鹅卵石。为了进出方便，主街两端的城墙豁开了口子。

正在攀谈之际，又来了一位老人，叫王喜成，69 岁，曾做过村里的支部书记。问起城墙的情况。王支书滔滔不绝：20 世纪 40 年代，与日军打仗就有损坏。大规模的拆除是在 20 世纪七八十年代，那时村里各家盖房，用的材料大部分是墙上的石材。小时候城墙有 4 米多高，常爬到城墙上玩，能跑一圈儿。长大了，为抄近道，不走城门，翻墙进城。城门比现在要高，整个城门洞都有，村里人常坐在那里下棋

城墙一角

乘凉，不像现在，仅剩下 1 米多宽。这里是制高点，村里有些大事小情就站在城门上，拿着喇叭喊话，全村都能听到。还有根废铁轨挂在城门上，声音跟钟一样。

城墙现在啥样？王支书说：走，咱们围着城走一圈。南门旁边有龙沟，这是城堡排污水的，墙上的开口不小，能钻过一个人，保证出水畅通。以前城外只有两家居住，现在南城墙，以至城堡四周已经盖满了房屋。从城西的豁口出城，南拐，看到了城墙的西南角，有两三米高，巨大的石块砌得整齐。石面泛出黑迹，映出了历经几百年的雨雪风霜。城墙西北角更为残缺。北城墙留下的要多些，有经过整修的，还有原封未动的老城墙。大块的毛石垒就，尽管大小不一，方圆不等，经过白灰勾缝，砌出的墙面有序平整，不由赞叹古人的手艺与心力。城墙有 1 米多高，上百米长，墙顶有约 1 丈宽。走在墙上，能看到内外石墙之间，用土石混砌。站在东北角，能看出东墙的斜度，有了簸箕的形状。再向南，存有城墙东南角的基座。城堡四面残存着墙体，虽高低错落，断续不整，留存至今，实属不易。

古城里还有许多老房子，并有完整的院落。王支书说着便带领去看，来到了王作勤家。房屋院墙保持着原样，全是砖瓦。门楼完整，砖雕精致。因依坡而建，为了找平院子，门槛垫高，要上六七层台阶。院子是个三合院。五间正房，两位老人在休息。东西厢房不住人，放着杂物。我们进了西厢房，一明两暗。明间还

令公村里老房子

垒着灶，暗间放着过去家居的桌柜，样子老旧，为当年大户人家所用。

村里盖起许多新房，有不少用的是城堡上的毛石。城里存有老胡同。自城门北行是西胡同，尽头泰山石敢当，在王支书小时就立在这里。此外还有店胡同、半胡同，这些遗存留下了古堡的肌理。转向东北，一路上坡，王支书指着一块空地说，这里是观音庙遗址，“文革”破四旧时被拆毁。当年进庙要上 13 层台阶。庙很有规模，殿里有壁画，内容是唐僧取经的故事。这里有庙会，一年一次，有踩高跷的，村里村外的人都来看，非常热闹。

问起村里有无令公祠，王支书说没有，不过城外村东有老爷庙，过去做过小学校，现在仅存地基。还有三清观，又叫二柏连理庙，有老道住在那里。村里流传着一句老话：“令公村，靠北坡，金银财宝十八锅；朝阳洞，万花山，二柏搭枝好神仙。”说起来还有个传说：三清观里住着金老道和白老道。金老道在朝阳洞养着两只老虎。到集上买东西，一只骑着，一只驮着东西。一次金老道和白老道外出化缘。回来后，白老道说金老道私藏了两只金元宝。金老道为了证明自己清白，看看心是红的不是黑的，剖了腹。金老道驾鹤西去，老虎也不见了。有人问，两只老虎什么时候回来？白老道说，要等庙里两棵柏树枝搭在一起。于是三清观便有了这个特殊的别称。故事在村里流传广泛，版本众多，小有不同。

余晖

传说有着巨大的魅力。两棵柏树安在？王支书说：在仙居谷，要走 15 里路，若想看，可以与护林员一起去。于是我们便与王长海同行。此人 50 岁，出村前，特意带了把镰刀，说这是进谷的习惯。谷有水库，湖面开阔，清澈见底，山水相映，景色很美。还有灵芝泉、灵芝墓，名字看上去就有故事。山上有泉水，山石包围，形成一潭，纯粹天然，当地人称为石湖。

一路看，一路聊，不断听着山谷里的故事，便不觉遥远。见到山洞，上面有字“抗日洞”，可能发生过革命故事。王长海说：这里住过人家，一直住到 20 世纪 80 年代。村里有人劝，孩子都快成人了，再不出山，将来找不着对象。这家才搬出山谷。这里居住条件这么差，为什么愿意住在这里？别看山谷，没有整块地，但开出一点儿就行，土肥，长出的庄稼特别好，而且不用上交，所以这家比村里一般人富。山谷里还有梨苹果核桃等，果树众多，随意取用。山上有块较大的地，称为杨家八亩地，另一户人家住在那里。村里并无杨姓，老辈子就这样称呼，是否也与杨家将有关，说不准。

万花山指的是这里的山形，若登上最高山峰，向这里望来，山峰相连，像个“万”字，花开烂漫，所以称为万花山。这倒让人想起《昌平山水记》中的描述：“其山高峻，有云雾蒙其上，四时不绝，上多奇花，又名万花台。”写的是雾灵山，

三清观二柏搭枝

而都在一个山系，形容这里也不为过。

山谷拐处，山崖之上，红墙闪现。这便是三清观。石壁上有山洞，写有“朝阳洞”。王长海说：洞应在旁边另一块石壁上，并不是现在的这个位置。传说洞很深，有两个放羊人想探知究竟，曾点着明子，钻进洞去，明子烧了一半，还没走到头，便赶快往回走。洞有多深，无人知晓。

三清观进行了修复。山门面西。东有配殿，以前道长住在这里。北面大殿三楹。院中有古井，井壁由石块砌成，水已干涸。庙内东南角植有一株花椒树和一株槐树。院内存有石碑。碑首倒在一旁。碑文断成多块，不能读出内容。殿前两株古柏，相距几米，笔直参天，树杈相搭，连在一起，携手相伴。树身两三个人抱不过来。这样粗的古树绝非短时间内长成。

两株侧柏已经被列为北京市的一级古树。据庙门外的说明上介绍，此观建于金代，有 800 多年历史，在这一带很有影响。每年四月十五日是此观庙会，规模很大，前后几天，上香者无数。古人殿前植树，注重对称，现在两株古柏并没居中，王长海说：可能因扩大面积使然。虽然没有三清观的详细资料，而这样高大的古柏已经说明了年代的久远。

不由得令人感叹村子的古老与文化的悠久。

三清观藏于深山能看见二柏连理

石岩井堡

沟口也是村口。村子以前叫东沟，因附近有同名，改称石岩井村，属密云区太师屯镇。石岩井是个自然村，还辖有 5 个自然村落。改成新名更形象，村子建在山沟里，两侧全是山岩，村内有口古井。山是砂石岩，水的品质极好，村里人喝了多少辈子。有人写成白字石眼井，还解释出原因：村民打井，下部穿过岩石后才见到水。总之，这是好水的条件。后来灌溉田地，古井旁挖了机井，建了机井房，老井便废弃了。现在，机井也不用了，村里人家家用上了自来水。

井边有条小河。河旁的山叫粳米山。名字美妙，还有一段漏大米的传说：过去这里住着一位老道，山上的洞里能流出粳米，漏到山下。好米加上好水，做出的饭定然清香。老道吃这粳米，来了客人也一起吃，那也吃不完，真是神了。于

城堡把守古道

是便有了山的名字。王汉成说起这事，津津乐道。老人 73 岁，本村人，以前当过村里的支部书记，对于村子很熟悉。刚一到村口便遇到了这位王老人，很健谈，进村的路上便说开了故事。看到粳米山，确实很形象，半山腰有个山洞。山洞下流出许多细小的碎砂石，远处看去，也像碎米，是否因此景象，有文人看到，创造出了这样美好的故事。

王老人知道我们的来意，看完了粳米山，转向对面的山说：北山坡上有娘娘庙，还有城堡，村里人家住在北面。于是带着我们从房舍之间，穿过了几户上了山坡。山坡上也有民居。走不几步便到了一块平地，这在坡上很难得，已辟为耕地。为了避免水土流失，坡地中用毛石垒出多道梯田坝。王老人说：以前，这片耕地就是城堡，现在山坡上还有残遗。顺着王老人所指，看了过去，城堡在山坡上呈半圆形，或者是三角形，并不规则，并于林木之间，隐约看到了一段残墙，最高处也就 1 米左右，二三十米长，其余坍塌在丛林中，城南墙是直边，约 150 米左右，这基本是城墙的范围。城堡虽然不大，驻不下太多的兵马，而地势极好。这里是出入山沟的必经之地，高地之上，俯看着山下三面环绕的公路，两山之间，也有“一夫当关，万夫莫开”之功用。选择此地，古人煞费苦心。

问起城堡旧时怎样，啥时没的？王老人说：以前城墙约有一两米高，东侧要

粳米山上漏大米，机井旁有古井

略高些。大约是在 20 世纪七八十年代，搞农田基本建设，各家盖房，都用城墙上的毛石为建材，逐渐拆掉的。现在，东侧还有很矮的残存，于是，踩着碎石上了城墙，一路上坡。城墙内外侧用大块毛石垒成，大小不等，白灰勾缝，墙芯用碎石填砌。向上走，城堡北边，残存的墙体要略高些。从工艺上看，墙体垒砌并不细致，可能受到财力影响，或许与地理位置、重要程度有关。此堡建于何时，并无资料，专门记述这一带城堡的《四镇三关志》上也无记载。

再向回看，耕地上的梯田坝，以及村里的房舍院墙，材料多与城墙上的毛石相似。平地上有座庙宇，那就是娘娘庙。旧的拆了，这是新近建的。还有龙王庙，在龙王庙村。庙宇古老，村子也因此得名。于是前行。村子在沟里。山沟以前称东龙潭，近些年搞旅游，成为景区，改称九龙十八潭。沟内奇峰怪石，地势险峻，泉眼众多，林木繁茂。地质构造为熔岩地形，分布着大量洞穴。有古洞悬阳、仙药洞、卧虎洞等。三个天然盆地，位于高山之巅，实为罕见。盆地中由巨岩组成山峰，自中间一分为二，壁如刀削斧劈，故名龙劈峡。山峰秀丽，如一副巨型山水画，便称翠屏峰。

沟壑之中，跨过一条小河，进了村子，看到了民居。王老人说：村里人多已搬走，现在还住着两户。青山绿树掩映着民居，颇似山居图，仙风道骨之士才能

山坡城墙遗址

在此居住。坡上看到了寺庙山门，挂着两个大红灯笼，如同一户人家，非常喜庆。王老人叫来守门人，打开山门。看门人叫王守信，69岁，留在村里，如同其名，信守着这座寺庙。王守信说：寺庙以前很破旧，几近坍塌，十几年前做过修复，新近油饰一新，色彩鲜亮。院落开阔，大殿三楹，旁有配殿三楹。大殿内两侧墙上还残存着壁画，虽然颜色已经暗淡，笔画也已漶漫不清，辨不出内容，却能读出古老。有人记得，旧庙内有文字记载，该庙建于清代嘉庆四年之前，已有200多年历史，现在不能看到。院落一角有7棵槐树，长得高大。为何聚在一处？王守信说：当年是一棵古槐，几个人抱不过来，应有几百年的历史，后被大风吹倒，老根分出许多枝芽，长成大树。现在还能看到那棵老树。近前细看，众多树干后面，果然有一段枯皮，纹路褶皱，如年迈的老人，记录了古寺曾经的风霜。

王守信记得，以前龙王庙旧历三月三、六月十三有庙会，十里八村的村民纷至沓来，鼓瑟笙簧，焚香祈祷，将整猪整羊供奉于香案之上，祈求神灵显圣，广布细雨，保一方百姓丰衣足食。龙王庙有着奇特的故事。相传，很久以前，密云有年大旱，河水干涸，庄稼颗粒无收。可能是上天不忍心看百姓受苦，在龙王庙附近下了场雨。而邻近新城子镇巴各庄村始终干旱无雨。村民得知下雨的地方有

石岩井村龙王庙

龙王古庙护佑，便组织百姓到庙中求雨。当天，晴朗无云，没有一丝下雨的意思，而在回家的路上，刚走过两河桥，顷刻间，瓢泼大雨润湿了干涸的大地。

密云山区，多有类似说法。白龙潭早年也有老人前去白龙潭庙里求雨，返回途中，还没到家，雨便下起来了。其实不难理解。山区常有这种小气候。山势复杂，加上过去林木繁多，自然条件良好，便会出现这种情况，即使现在，偶然也能遇到：山里山外，阴阳两重天，或者刚刚还是艳阳高照，转眼间下起雨来。如果这时加上神话色彩，便成了传说。

石岩井龙王庙内壁画

姜毛峪堡

自龙王庙回返。来到河边，王老人指着对面的山说：你们看，那山上也有一座城堡。顺着指向望去，小山顶上果然看到窄窄一条城墙，隐约有个城门。还能有这样完整的城堡，上百米高，年轻人有 20 多分钟就能爬上去，叫姜毛峪城堡。“能一起去看吗？”王老人欣然应允。心里为之一动：尽管王老人身体硬朗，但这么大年纪，还爬此山路。王老人却很轻松，从小就走，习惯了。

山上灌木丛生，少有人走，踩出的路不明显。遇有陡峭处，路便极窄，只容一脚宽。上去几十米后，沟底深渊，也生出险象。来到平台，便看到了城堡。南城墙内侧与东城墙上半部有塌落，其余城墙，高低不等。现在做了修复，城墙四面已经补齐。墙上部的石块与白灰鲜亮。下面存有旧时的墙体。城只设一东门，

群山中的姜毛峪

基石与城门上的砖楦还是旧物，两侧砖墙做了补修。

城门边看到了一块碑和一块门额。碑碎得只剩一块，内容不能辨认。门额也断成两半，能看清“姜毛”和“堡”，“堡”旁还有字，只能看出上下两个撇，很有可能是“谷”字的一侧。查《四镇三关志》：“姜毛谷寨，洪武年建，通步，缓。”明初建的城堡，那时称姜毛谷寨。谷即峪，谷与峪通用。光绪《顺天府志》上也称“姜毛谷”，并与相邻的令公庄写在一处。后来的志书有了现在的名称，如《密云县志》：“姜毛峪镇口，通步，县东北一百一十里，在大黄崖口东北，有堡。”《天府广记·险隘》：“洪武十五年报九月，北平都司开报：……曰姜毛峪。”谷改为峪，寨也改为堡。

城堡有马道，可以登城。站在城上，可以清楚地看清形势。城堡呈方形，四周边长大致相等。城上走一圈，用步丈量，100 多步，约 95 米。王老人说：城内还有一口井，地是砂石岩，水质如山泉。20 世纪 60 年代，古堡内曾办过学校，还住过几户，20 世纪 70 年代前后搬到山下的石岩井村和令公村。城内现辟为耕地，土肥，种出的玉米等庄稼长得特别好，核桃等果树也茂盛。

城堡四周，群山环抱。站在城门向西望去，可以看到九龙十八潭，当年那里是进山古道，在这里守望，敌情一目了然。光绪《顺天府志》上说：“又七里至姜

姜毛谷堡门额残碑

毛峪,《三镇边务总要》：姜毛峪边有横山，通步。”能够通步走人，说明这里进山有路。再向东南望去，那边山上有长城和烽火台。山口，古道，这里屯兵建堡，有着很强的军事意义，也是看守住门户。

再向北看，山上层层梯田。山坳里，那就是塔沟村，属新城子镇。堡是两村，也是两镇交界。看着新房成片，集中在一起，居住生活有了巨大改变，不禁欣喜，新时代繁荣出了新农村的景象。

姜毛谷堡城门前的条石

第二辑 曹家路

《日下旧闻考》："曹家路，东自小台儿砦，西至将军台砦，延袤一百三十五里，关砦二十二，小台儿砦、石塘谷砦、姜毛谷砦、苏家谷砦、大水洼砦、大虫谷砦、遥桥谷砦、恶谷砦、南谷砦、烧香谷砦、烽台谷砦、黑谷砦、水谷砦、汗儿岭关、大角谷砦、倒班岭砦、师姑谷砦、扒头崖砦、梧桐安砦、齐头崖砦、柏岭安砦、将军台砦，俱洪武年建，边城一百六十四里，空心敌台五十八座。"

杨家堡村关帝庙的戗檐保留旧物

曹家路城

曹家路，密云东北的山村，不称庄屯店营而名路，比较特殊。明代担负京城东北防御的是蓟镇，辖区漫长，一直管到山海关。分布于长城沿线的军队分为四协，离京城最近的是西协。按照现在的说法，镇相当于军区，协相当于军分区。西协分为四路：墙子路、石塘路、曹家路和古北口。路在明代是军事单位，长官是参将。曹家路处于西协的东部，守护在京师东北的前沿，军事重地，规格很高。

这一带群山连绵，山口处建起了众多堡寨，或设一门二门。在古代，城门设几座，有严格规制，不是随意而为。曹家路初名曹家寨，明初洪武年间建起城堡，城门设有三座，与众不同。《昌平山水记》载，“曹家砦……三门”，万历年间又

南城墙东便门

行改造，城西再筑新城，连为一体，“复筑新营附城之西，二门”，面积扩大，周长为“六里三十六步”。名称随之起了变化，改为曹家路营城。城开西、南、东三门，重修了门楼，均有石制门额：西门曹家路城，南门延胜门，东门绝胜雄关。新城有西门，没有北门，“二门”何来？

改造城堡，因嘉靖年间，北方游牧民族常滋扰侵入，京师北部连续遭到极为惨重的损失，在嘉靖三十年（1551）筑起长城，隆庆年间再行修整，陆续在城墙上建起了空心敌台，增强了防御能力。接着，曹家路又扩建为营城，进驻更多士兵，统筹各个关口要道部署，及时调度，以备战时之需。

曹家路为进京要塞，曾设参将驻守，统领指挥二十二座关寨。据《四镇三关志》统计，包括：将军台、柏领安寨、齐头崖寨、梧桐安寨、扒头崖寨、师姑谷寨、倒班岭寨、大角谷寨、汉儿岭关、水谷寨、黑谷寨、峰台谷寨、烧香谷寨、恶谷寨、南谷寨、遥桥谷寨、大虫谷寨、大水洼寨、苏家谷寨、姜毛谷寨、石塘谷寨、小台儿寨等。同时还管辖边城一百六十四里，空心敌台等五十八座偌大范围。有“游击一员，都司一员”，高级军官驻扎于此。这些关寨名称，有的现在仍在使用，成为村落。

曹家路村位于雾灵山北麓，向东十几里，便是河北省，通往兴隆的必经之地。

丘家大院有三进

多次途经，看到过村子，公路南北两侧盖满房舍。现在的曹家路村有七八百户，约两千口人，下辖 5 个自然村。这在平原不算大，而在山区，村落散居，显出不同。村子行政上现在属于新城子镇。清光绪《密云县志》上记：“城形东南隅缺。”为什么城的东南角要缺失一角？许多城堡没有这种现象，很想实地踏勘，于是找到卢自有。他是本村人，62 岁，对村里悠久的文化眷恋于心，致力于编修村志，熟悉村情。

问起古村。他说：村子是个大村，城堡里以前中药行就有十来家。城堡内外，庙宇众多，各具特色，曾有玉皇庙、娘娘庙、老君庙、三官庙、菩萨庙、真武庙、城隍庙、地藏庙、龙王庙、五道庙、关帝庙、火神庙、大庆寺等十五六座。这些寺庙都已无存。村东有古井，已废弃不用。

村里有戏台吗？老戏台没有，有一座 1958 年建的戏楼。那是个大空场，人员汇聚，有庙会、集市，很热闹。于是村里动意盖座戏楼。当时没钱，便动员村民义务劳动；没有建材，就拆了三官庙、娘娘庙等，建起了这座戏楼。戏楼高大，传统方式建造，整修一新，彩绘鲜艳，漆红了柱子。舞台上方横书“敬祝毛主席万寿无疆”几个大字。戏楼前场地宽阔，装上了华灯，有了广场的味道。近前细看，戏楼山墙上挂有牌子， 2013 年密云县文物普查登记，为文保单位。曹家路

曹家路村戏楼

戏楼建材是旧物，记录了那段艰苦奋斗的年代，承载了村民的欢乐，应该存入历史记忆。

城里不都是新房，有的门窗能看出民国时期的建筑特点，也有房子上写着“新兴百货店”的字样，窗户上挡着木板，看来早不经营，被零售摊点与超市取代。胡同里看到一处门楼，上有门当，两旁砖雕装饰也比较精致。卢自有说：这是丘家地主院，三进院落。进到院里，院子隔开，只能观看前院。倒座房住有一户人家，门窗还是原物，方格窗棂，木质黑旧。纸窗外钉着塑料布，窗下堆放着环保煤炭，主人做好越冬准备，透露出生活气息。

至于古城东南角，卢自有选了条直接的路线。南行不远，看到了安达木河，自东向西流淌。这就是书中所记缺失的那一隅。城堡去掉东南角，向内直角收缩。卢自有指着一侧墙面说：这里是城堡南墙。城墙内里为毛石，外部还残存着包砖。此处开出了小东门，即通常说的便门。城门下为条石，中间存有石制杠窝。门洞已经拆除，南墙上还残存着砖砌门券的圆弧痕迹，只能凭想象去连接顶部与另一侧。城门下有十来级石阶，仅供居民出入。石阶应是城门的宽度，不足两米。这就是“二门”之一。是风水原因，还是河边方便用水而开出此门，不论怎样，便门不是正门，也是城堡规制的体现。

曹家路村旧时商店

安达木河结着冰，想从河上再寻南墙，已被房屋与堆放的垃圾挡住去路。只能返回向西，从另一条胡同去看。来到十字路口，卢自有说：古城有东西、南北两条主街，连接城门。这个位置是南城门。城门内有老爷庙，早已拆除。路口四边盖着新房，看不出城与庙的痕迹。

来到河边，看到了南墙，两米多高，约百米长，多为毛石，少部分青砖风化严重。墙下露出两三层条石。内里毛石，外包青砖，墙基条石，多么结实的城墙。站在河边打量古城，虽很残破，墙体多已拆除，间或看到上面盖起的房舍，由于位置低，还是显出城墙的高大。墙体不是直的，而是略呈弯曲。墙上留有几处排水口。城内用水与雨水要有顺畅的出路，古人已想到了排水问题。

顺路再寻城堡西墙，不知不觉，已走在城墙上。路边盖起房舍，城里地面垫高几十厘米，只有墙外明显低下一截，还能看到墙体外侧。再去东城墙，更是难找。来到一户人家，在盖好的房屋里，看到了巨大的毛石，这是仅存的东城墙。北城墙在山坡上，依旧是毛石垒砌，全城存留最多，约高两米至五米不等，二三百米长，于树丛之中时隐时现。

卢自有说：城堡经过精心选址，北靠山，南临河，背山面水；东面有山为龙，西面有山称虎。城堡依山而建，处于坡地，北高南低。从清代城图上看，北墙不

南城墙排水口

是平直，而呈尖形，应有减缓山上流水冲击，起到保护城墙的作用。

曹家路营城因战争而辉煌，因安宁而没落，清初作用减弱，末年渐而废除。《畿辅通志》记：顺治六年（1649）裁减了游击，雍正十年（1723）又裁减了守备，只设都司一员，把总一员。驻守兵马也大幅裁减。清代还有都司署、把总署等办公衙门，现已无遗址。卢自有幼时，城墙还完整，能在上面跑着玩。“文革”前后，各家盖房围墙，拆除了城砖与毛石。古迹也陆续先后拆除。

站在村子东北角，地势明显增高，能够看到村里许多屋顶，北城墙也看得更为真切。东南方看到了雾灵山，那里山清水秀，草木繁多。古书上称；上多奇花，又名万花台。山中不乏药材，所以古城中有了那么多的中药行，成为一方的集散地。军事重地，又有自然资源，使得商贾云集，沿袭之久，直至 20 世纪 50 年代还有那么大的市场，于是建起戏楼，成为文物。现今曹家路村与周边村子没有差别，只是在名称和残存的砖石间还能去追忆。

曹家路北城墙

遥桥峪堡

密云有个遥桥峪村。为何称为遥桥，当地有传说：村子北靠群山，南临安达木河，水从西南流过，极为清澈。早年趁水势小，于冬春之季架桥以渡，因桥不稳而称摇桥，后来谐音为遥桥。

村中有中座古城。城在这里另有别称。俗话说，三门为城，一门为堡，设一南门，只能称堡。此堡坐北朝南，东西长 123 米，南北宽 102 米，墙高 7 米，顶宽 4 米。城墙四角有垛脚，墙体更为结实，并建有四座角楼，便于观察作战。角楼现已拆去多年。城堡四周城墙保存完好，在密云域内最为完整。

城门额上写着“遥桥古堡”几个字，是现在人笔迹。村支部书记王作彬说，门洞上曾有一块旧石匾额，写的是“遥桥谷堡”，字迹模糊不清，难以辨认。当

遥桥峪堡城门

地人对于“谷”颇有想法，祖辈一直这样称呼，说了多少代，历史又那么悠久，为何写成“谷”，应该是“古”才对，于是便重新制作，盖住旧匾额，便于观看识别。

“谷”与“古”音同，自然产生关联，也能理解。查阅志书，明代万历年间《四镇三关志》有“遥桥谷寨，洪武年建，通步缓”。清乾隆年间《日下旧闻考》：“曹家路下关寨二十二……遥桥谷寨……俱洪武年建。”原来明朝初年称为遥桥谷寨，是这一带防御体系的22座城堡之一。峪就是山谷，与谷相通，有些地方也这样书写。而“寨”古书也写为“砦”，在京东一带多称关寨，与城堡意思相近。而之后成书的《畿辅通志》有了变化，“在密云县……东北九十里遥桥峪堡”，清晚期的光绪《顺天府志》也记为“又十五里，至遥桥峪”。至此，已把“谷”写为“峪”，且把“寨”也改称为“堡”。

问起建城目的。王书记说，当年若遇敌情，执勤哨兵会在远处敌楼，在山羊精楼上点起狼烟，传来长城上发现数十里外军情信号。城内立刻集合兵马，迅速增援曹家路以西长城沿线。此堡地势低凹隐蔽，就连敌人的密探也很难发现，战时可充分发挥优势，出其不意，打击敌人。所以古堡具有很重要的战略价值。也有人认为，遥桥峪古堡的主要用途，可作为修长城工匠们的生活基地，或建筑物

遥桥峪城墙

资基地，或用于屯粮。总之，建堡用于军事。

城门上新建了垛口，高低错落，有了古堡的味道，又似女儿墙，可以在城门上浏览。城门上立有一块石碑，上书“遥桥谷堡”，与城门旧匾额一致。背面写有碑文，题名遥桥峪古堡志，是现在的人撰文，内容大致记述了修建遥桥古堡的情况和意义，1996 年 5 月 27 日立。城门上有 16 块础石，石上凿出卯眼，花费了人工，上面立起的梁柱更为结实，且不同一般。当地人说，早年间城门上曾建有城楼。北城墙无门，建有真武庙，现在两座建筑均已无存。

非常有幸，从密云区文委得知，此城存有遥桥峪城堡志。文中也有记载，曾对南门楼做过补修，“上盖造二破三重楼三间”，建成重楼，定然美丽壮观。文中还记述了城楼的尺寸，“底阔周围一十三丈六尺，顶阔一十二丈”，很有规模，否则不会用那么多础石，且有卯眼。此外还记载，这次维修是在明万历二十七（1599）年，与最初建“遥桥谷寨”时已过去两百多年，应已残破。此次工程不仅修了门楼，还修整了城墙，“南门迤东修完一段长五丈九尺五寸，南门迤西修完一段长五丈九尺五寸”，“二段共长一十一丈九尺”。四周城墙也分段做了修建，总共长“五十九丈三尺”，折合现在方法计算，有约 200 米长，而且“里外俱石”。因临河畔，就地取材，城墙用的是鹅卵石，比夯土更为结实。这多工程，对于一

遥桥峪堡城门上存有础石

个城堡算是巨大。文中还记下了主持修建的千总、把总等官员的姓名。这就是城堡志中主要内容，再想探知，已经穷尽。密云文物专家祝自祥说，这些是残存在一块石刻上的文字，没有标题，直书重修城堡的情况，这样的碑文在别处也有，统称为城堡志。碑为花岗岩石料，当年镶嵌在城楼的墙上。现在卧碑左半部残缺，只余宽 63 厘米，高 43 厘米。碑文为楷书阴刻，竖排 13 行，每行 17 字，刻工精细，字迹清晰。残碑还在，或存区博物馆，或放冶仙塔公园内保管。碑文若能完整，还能得知更多细节，虽仅如此，已然非常珍贵。

现在的遥桥峪城堡在 2002 年经过修缮，城墙很高，与旧时记述相似，城上马道铺着砖，显出完整。能在城墙上走一圈，实在是件幸事，这在北京残存的城堡中少见。从高处俯看全堡，一座座院落整齐，院里种有菜蔬，人们生活祥和。而村里大部分是新房，顶上放着太阳能热水器，街上立着太阳能电灯，能感觉出一派新农村景象。村里有街巷，不少门前挂着住宿餐饮商店的牌子：如灵秀餐厅、雪莲商店；多数与城堡有关，如古堡商店、古堡餐厅、遥桥古堡饭庄；还可住宿，如古堡客栈，有的更为详细，标有独卫电视空调，设备一应俱全。看得出堡内多数村民在搞旅游接待，按照密云旅游局统一制定规定运作。王书记说，当年堡内驻有 50 户明代戍边将士，现在堡内有 46 户，百十口人，多是将士后代，古风淳

遥桥峪城内院落

朴。全村有 300 多户，近千口人，有的也在搞接待。种了多少辈子的地，如今有了新的生活来源，经营好的农户每年能有三五十万的收入，不说偏远山区，就是在城区也确实不低。

心生诧异，一座古城能有那么多人感兴趣，前来观看驻足。再看东北，那里有座堤坝，极为高大，20 世纪七八十年代修建，控制安达木河上游流域，称遥桥峪水库，因东侧有雾灵山，又称雾灵湖，是风光宜人的景区，有水上美景。相距约 3 里路，步行也就 20 分钟，气候宜人之时，湖水引来大批爱好者在这里垂钓。有人曾用海竿钓上来 19 斤重的胖头鱼，引起轰动。水库活鱼也是村里老百姓招待游客的特色美食。

古堡向南 1 里多地是云岫谷。谷分东沟和西沟。西沟十多里长，景色优美，有参天古木，有奇峰、怪石、小溪、潭瀑。这里的空气清新，据专家测定，空气中的负氧离子含量是身体收益含量的 3.5 倍，称得上天然氧吧。谷里河水清澈，两岸红色石头连成片，在满目青山的峡谷里格外显眼。这就是著名的水秀石红。这种地质现象全国罕见，具有很高的科考价值。很多专家看过说，这里原来都是大海，后因地壳变化，沧海成为桑田。

心中豁然。有碧水奇石的云岫谷，有悠闲垂钓的湖光山色，有历史悠久的古

遥桥峪堡城墙上看水库

堡，美景人文休闲，便是天然组合，能无众多游客。村里只需备好接待客人的各种服务，不愁无人光顾。白天游历自然风光，清晨或是傍晚散步于城堡，感受古老文化的内涵，那是再好不过的享受，有大自然的赐予，也有古代文明的凝结。

回首古堡，城门高大，鹅卵石砌城墙，横在眼前，这些还是当年的原物，显出古朴。城门旁有碑，上书“万里长城北京段遥桥峪城堡”，北京市文物局 2001 年 10 月立。山村小堡，已为市级文物，内中价值，难以估量。遥桥峪堡历经数百年，至今保存完好，具有较高的观赏价值。也有了不解，许多城堡，多在 20 世纪中期前后拆掉，用于生活建材，或建住房或建围墙。此地为何特殊？是鹅卵石不好使用，还是因袭了老辈子的习俗，用古堡上的物件不吉利。不论什么原因，古堡算是保存下来了，且荣升市级文物，成为村里城堡文化的资源。如今村民受益，是自己的行为所得，也是托了老祖宗的福。

遥桥峪城内主街

吉家营城

城镇化进程与古村落保护并行，进程越快，保护越迫。曾看到过 2013 年一则消息，北京有四个村子入选中国传统村落，其中密云是吉家营，明代戍边的营城，也就引起探访兴趣。

营城建在边关，地处北部山区，这里的地理位置重要。之前做了功课，遍寻资料，小山村，可供查找的太少。明代万历年间编印的《四镇三关志》中，各路营城堡上记："吉家庄营城堡一座，洪武年建。"可知明朝初年，这里建起了城堡。那时的名字称为吉家庄。庄与村相近，是否建立城堡前已有了村落，是否住着大户人家已不可知。时至清代，北部边关防卫作用减弱。成书于明末清初的《昌平山水记》载："吉家庄堡提调一人守之。"而到了清晚期的光绪《顺天府志》记，

吉家营城门城墙

距密云县治“一百二十五里，吉家营城，把总驻焉”。提调与把总有着级别差距。

古时称吉家庄，吉家应是村里的大户。而进到村里，则与想象不一。最大的宅子竟是郝家。郝氏大院旁边有两棵老槐树，显示着古宅的沧桑。门前有石阶，大块的上马石规整，这在当年是地位与身份的象征，显示着主人的气派与富有。大门内有影壁，房前有砖雕，表面纹饰精致，透出做工讲究。村党支部书记李洪臣介绍，郝氏非常有钱，当年往城里运银圆，用 18 匹骡子拉了 3 个月。传说中的细节是银圆，一定是近现代的事，与古时的吉家相距几百年。簪缨之家，五世而衰，村里现今已没有吉姓。风水转了那么多年，至清末或民国时，轮到了郝氏。宅院完整，也只有近百年的建筑才能如此。而今这位郝氏也不知去向，村里还有着郝姓。

古城建有东西两座城门。城门不正对，这是古人建筑城堡的理念，城门之间一定有大街，联系起城内，形成干道。而此城却有不同，一门各对一条主干道，两条干道平行。不知古城依据了吉家庄原有的格局，还是重新做了规划。寻向村民，说法小有不同。有的说，这是出于战略的考虑，打仗不利时，便于守城一方撤退；有的说，街道交织成变化的网，错落有致，不熟悉路况的人一旦进入，很难辨别方向，更别提闯出去；有的说，如此布局是为了诱敌深入，可以巷战，消

吉家营城门上

灭敌人。总之都认为城堡规划与战争有关。

走在街上，能看到老房子，旧门楼，雕刻精致的门蹲儿，还有五花山墙。房屋后墙上留有不同时期的标语，能看出不同时代的印迹。房子围墙用的石头和砖，多有从城堡上拆下来的。城墙还有一部分毁于近现代的战火。城周长大约 1 公里，高约 7 米，顶宽 4 米，下部为条石，上面为砖，没能完整保存下来。残墙上还是留有不少旧城砖石。城门两侧多些，一侧还保存着垛角。幸好两座城门还在，高约 3 丈多，宽约 1 丈 2 尺，经过修葺，门楦还是旧砖原物，两门上各有石额，东门上题有“镇远门”，西门横匾上刻有“吉家营城”。

有人说，城堡是座武城，城东门外有演武厅、点兵台、教练场等军事设施，因此进一步推测，这里当时是士兵培训基地。处于边境地带，从军事角度分析不会有太多疑问。超出想象的是，西门外南侧有一老式砖拱门，门额上题写四个大字“里仁为美”。李书记说：这是民国初年手书题写，内容是说邻里之间要仁义善良，这才是美德。此语恰好代表了吉家营的民俗民风。一座武城，历经几百年，从战争走向和平，从防御转为居住，不断沉积文化，涵养深厚，着实令人赞叹。

古城曾有 9 座庙宇。李书记说：城东有七神庙，城内有玉皇庙、菩萨庙、城隍庙，城西门里关帝庙，西门外马王庙，西北小河边药王庙。原本城北小岭梁头

吉家营城外的“里仁为美”门

有真武庙，庙经常倒塌，后来在庙里修了把宝剑，指着南山的刘家坟，庙才不塌了。古人用心良苦，这些庙现在还是没有了遗迹。此外，村中还有古树、碾盘、古井等。古井一共两口，一口还在使用，上面的条石已经泛起黑迹。城堡发现过战争用的石雷。

李书记说：吉家营流传着许多故事传说。经典的有呼延庆摆擂齐家庄。北宋初年，因受奸臣陷害，双天官呼延丕显一家 300 余口惨遭灭门。所幸幼子呼延庆串亲戚不在家中，幸免于难。忠良帮助，呼延庆逃往北方，隐姓埋名。年幼的呼延庆隐居大王庄，习武学艺，长到 16 岁，身高体阔，力大无穷，武艺超群。为除奸报国，洗雪沉冤，师傅让呼延庆改名王庆，遍游北方，寻访高手，切磋武艺。呼延庆一路闯荡来到齐家庄，距吉家营仅两里路，现称齐庄子，借住齐员外家，设擂比武，战胜 20 几位壮士，满月收擂。5 年后，他回京城报仇，后又登台拜将，挂帅西征，讨伐西夏。故事曲折，具有武城特点，是否也折射出建城堡之前就有了村落呢？

传说还有观音降魔。吉家营西北 2 里的安达木河有一观音潭，深不可测。相传，潭里住着一个魔。每到夜间，一团白雾从潭中冒出，沿山谷向周围山村游荡，吓得人们失魂落魄，不敢夜晚出门，不敢起早干活。忽一日，观音打坐，遥望西

吉家营城墙一角

北方白雾冲天，掐指一算，知道是北方魔怪，驾祥云而来。观音取下一瓣莲花投入潭中，立刻化为巨石，压住魔身。观音又扔下两片莲花，魔无力挣扎，向观音求饶。观音吩咐此魔要造福百姓，晚间不许出来，只准太阳出来后，出潭松松筋骨。魔依令而行，每当太阳升起，沿山谷游走个把小时，于是造就了“雾灵晨雾”这一名胜景观。吉家营邻着雾灵山，故事是否为地域特征而编造，美景自不必说，却也体现着驱恶向善的美好愿望。

传说还有娘娘搬家，观音降魔，龙虎争斗馒头山，秦王赶山石修长城，刘伯温挥剑斩龙脉，泥鳅精水路报军情等等，近百个民间故事。难以想象，一个小村落，地域文化如此灿烂与悠久。

不觉随李书记漫步登上古城门。顶上经过维修，平整，视野立刻开阔，能看清吉家营城堡位置。城堡处于新城子镇安达木河南岸。南、北、西皆为山峰，各自有形。南山虎背熊腰，北山龙神安卧，形制特殊。古人建城堡一定相中了这里的地形。村子坐落于山谷之中，有一条清澈小河，自东而下，穿过村庄，村民称为小清河。有山有水，自然条件优越，当年吉家庄主定然精心选择，相中了这块风水宝地安家。古时建宅，依据自然，背靠南山，面对清水，所以房屋坐南朝北。

吉家营村大街

城门上信步，忽发现了础石，细数有 8 个，这是梁柱的标志，算来应为三楹。再问，果然当初门上还建有楼。城门本来就高，再有门楼，更显雄伟。望向城墙内外，全村尽收眼底。李书记说：人口增长，居住也不限于城堡内，而选择在城堡外，这从清代以后便开始了，现今城里城外连成片，已很有规模。全村共有二三百户，几百口人，人均收入显著提高，日子越过越好。眼下，村里依托古老文化，正在发展旅游，不仅可看，还有的可吃，美食有二八席，由八个碗菜和八个盘菜组成四荤四素菜，成为吉家营村的传统宴席。蒸肉和豆腐丸子是两道特色菜，充满诱惑。

放眼望去，村子确实在发生着变化，从房顶即可看出，大部分是新房，能感觉出新农村的景象，不禁欣喜。建筑观念有了改变，全都向阳，坐北朝南，已为现代人的生活习惯。成片的灰瓦之间，还夹杂着红色房顶，又显出不协调，便有了怅惘，而灰黑色的旧瓦顶也在逐渐消失，百年的老房已是不多，这些老物件是村里的珍宝，越要失去，越发觉得要珍惜，要保护。

吉家营城内

关门城堡

吉家营村临着古道，东南行约7里，早年间是边关。古道现称新坡路，通往雾灵山。小路崎岖，峰回路转，山石壁立，两侧断崖，窄如咽喉，险要之处卡住，万夫莫开。古人警觉，于山顶筑起长城。断崖之下是小河，河上建起水关，连接长城。

自公路望向关口，河水劈开大山，山坡逼仄狭长之地，建有城堡。城堡长方，不很规则，长宽各约几十米。临河一角呈弧状，地势所限，兼有防洪功能。这段城墙还是旧物，毛石垒砌，四五米高，几十米长。坡上城墙已残。山峰夹持，城堡已无拔地而起的威严，却显示出重点防御的考量。

进城要下很大的坡，穿过小河，拐几道弯儿，上到对岸。那里地势高，这是

群山中的关门城堡

河边建筑的常识。迎面看到城门，高约 6 米，下面 4 层条石，上面青砖垒砌，经过重修，砖是新砖，样式还是原样，五券五伏，规格不低。门前立有长城文保碑——关门城堡。门洞高大，券顶还是旧砖。内里两侧存有栓眼石，当地人也称杠窝。城堡只此一门。查看旧时地图，长城由大黄岩口一路向东北逶迤而来。城堡建于长城内侧，背倚城墙。城门非正向，面朝西北。

城堡现称关门村，吉家营村下辖的自然村。城里城外建有民居，多是新房。房舍不多，是个小村，不足十户，十几个人居住。一些人已经走出大山，在外工作生活。城内路面不平，进门不远一路下坡，有一豁口，穿出城外，来到河边。这里也立有长城文保碑——西石虎水关遗址。沿着河道向前，水关上已无关墙。城堡一侧新建了墙体，上有垛口。河上结冰，下有暗流涌动。再向前便是长城，墙体已残，蜿蜒至山顶，连起几座敌楼。仅行几步，已至关外。想象当年关门，两山夹峙，上建敌楼，河道小路，筑起关墙，纵有千军万马，难逞威风。

村口遇到正在寻山护林的夏堂福，66 岁，本村人。秋冬之季，山林防火，责任重大。问起城堡旧事。老人说：城堡以前驻兵。水关上有水门，很早就没了。旁边曾存有半个楼子，1972 年修这条公路，连同长城一起拆了。城堡东墙在山上，以前就有损毁。城门在前几年与吉家营城堡一起修复。城门外半山腰上有娘娘庙，

关门城堡内

现已经过维修。这条小河无名，俗称河套子。夏天水量大，可以洗衣服。河水清澈，村民并不饮用，而接山砬子渗出的水，那水更好，没水碱。现在村里人吃井水，冬天水少，还去接山砬子的水。村里早年有个传说：以前有条大蛇，从山的这边荡过长城关口。

水关叫西石虎，这条公路向前二里路，有西石虎村，名称一致。而关门是关口位置的通称。是什么关口堡寨？查阅明代《四镇三关志》与光绪《顺天府志》，这一带堡寨有：黑谷寨、峰台谷寨、烧香谷寨、恶谷寨、南谷寨、遥桥谷寨、大虫谷寨、大水洼、苏家谷寨。记述顺序似为自东向西。若按夏堂福老人讲述的古老传说，老虎称大虫，蟒蛇也可称为长虫或大虫。

这一带山势纵横，有多条小路通往雾灵山。有村民说：新坡路东侧不远是曹龙路，即曹家路向南的一条小路，也通向雾灵山。路上有个村子叫大安峪，以前曾称大南峪，方位在关门村的正东。按志书记述，“马连峪营、南峪寨、恶谷口、南峪、烧香峪，边外有雾灵山，通步”，南峪、恶谷口相邻。两条相邻的小路同称南峪，是否名称拗口或者不中听，逐渐改变，分出大小之别。

《方舆纪要》援引“《边防考》：黑谷关东南为吉家庄营……又有恶谷寨，在黑谷关南境”。并进一步说明：“嘉靖间议者请于恶谷、红土谷、香垆石等处，堑

西石虎水关小河

崖壁以为固，其地盖相近也。”从中得知，这些关口堡寨相距不远。

而光绪《密云县志》与民国《密云县志》记：“南峪口，通步，县东北一百二十……里，……北有堡，其北七里曰吉家营。”关门村距吉家营正好7里，山路险恶，骑兵不能通行。一般来说，后志对前志要勘误，此地为南峪口，应该可靠。

明初建起众多关口堡寨，管控道路，嘉靖、隆庆年间筑起长城。密集处的关口堡寨有些仅隔一道山梁，距离很近，名称或消失或改变或古今有别，恰恰说明地形复杂，军情紧要。此地关口堡寨建造较早，年代久远，面积狭小，人马不多，还要有兵力储备。吉家营为营城，距关口较近，可屯兵驻防。而这一带统属曹家路指挥，建有更大营城，居中调度，保障京城东北的安全。

关门的长城与山峰连为一体

马圈城堡

花园村位于密云东北山区，节气比平原地区晚些。仲春之际，树待抽芽，桃花杏花含苞。尽管如此，花园还是幻化出了烂漫。北面山峰连绵，勾勒出线条，仔细端详，像位姑娘，披着长发，额鼻嘴身，清晰可见，静静地躺在蓝天下。若晚些时日，满山花开，团团簇簇，托起美体，真不知是静卧还是醉卧，也不知是进了花园还是大观园。有美女守望，村子还能不美！

美丽山村，当年却是关口要道，保存着三座古城堡，相去不远，如此密集，于一个村中少见。向村而行，西南有座小山，那里一片松林，建有城堡。来到山脚，遇到村干部王洪岭，40 岁，别看年纪不大，其父曾把村里的历史传说故事写

马圈城堡外

成书稿，可惜早已丢失。不过老人讲的村里故事产生了影响，耳濡目染，使他对村里的历史文化兴趣浓厚，情况也熟悉。

一路上山，新修的水泥路很好走，路边看到了长城文保碑——马圈城堡。他介绍说：石碑本应立在城堡旁，只因太重，山路崎岖，行车危险，于是立在半山坡。再向上是土路，拐弯路段陡峭。约走 20 分钟，来到城堡旁。古城不大，方形，四边各长约五六十米，坐南朝北，毛石垒就。城堡四周墙体还在，从 1 米到 5 米高低不等。北面墙体中部有一豁口，被泥土与枯草封住，似为城门。城内已辟为耕地。东面城墙下有一砖砌券门，还算完整，宽有 1 米多，高不足 1 米，可能因周边垫高而变矮，应是城内排水的门。

向南展望，雾灵山巍峨耸立，矗立在京城东北最高处。前面另座山峰，形状纤细，因离得近，视觉效果，显得要高，有个形象称谓——气不忿儿。与雾灵山相连的山峰叫清凉界，也很著名。座座山峰相连，景色变化起伏。

城堡周围，地势起伏开阔，有如丘陵，似高原牧场，马匹可豢养可奔跑。这里的地好土肥，遍地庄稼，长势良好，若在当年也是好的草场。王洪岭说：明代以此为基地，训好的马输送给别处城堡。附近有司马台，以前从这里送去的马，

马圈城堡内

到了那里活不了，称为死马台，后来觉得不好听，改成现在的名字。这话令人新奇惊讶，还有这种说法。

城堡建在山上，可以俯瞰花园村全貌。西侧有条小路，西南通向河北大石沟村，那里有长城关口。村里人把马圈城堡称为马场营城堡。名字小有不同，多了营城，内容会有区别，可能不仅养马，还会有驻军。于路口高地处建起城堡，军事作用凸显。

马圈城堡城墙

花园城堡

向东两里是花园村。不觉走下山来，与王洪岭结伴而行，聊起村里情况。花园村辖有6个自然村：花园、大店子、南沟、东河套、寒石塘、大麻峪,200多户，约630口人。花园村口立有导游图。村子漂亮，有文物，环境好，依托自然资源与历史文化，建成景区，游客众多。村民看到希望，做起民俗接待户，收入多了，在外打工的村民陆续回来了。村里的房屋建筑红瓦、砖墙，整齐美观。建造的山庄也如现代宾馆饭店，若在繁华城市并不奇怪，而在小山村就觉得特别。山村发生着巨变。

公路边立有长城文保碑——花园城堡。上面是坡地，种着庄稼，毛石垒的梯田坝，看不出城堡的样子。旁边安装了健身器材，立有华灯，是村民的娱乐休闲

花园城堡残墙

场所。有人在建造房屋，于是上前打探。此人 59 岁，叫郭长有，本村人，十多年前区里搞文物普查，曾带领专家考查过这一带长城、烽火台，对古城熟悉。真是幸运。

我们问能看到城墙遗址吗？郭长主动领路，走向耕地介绍说，这就是北城墙。耕地边缘，没有任何标志，只是在土地中埋着几块巨石。这就是当年的墙体，不指明，谁能知。城开一北门，坐南朝北，守住门前这条公路，现在称新花路，曾是古时的要道。向东还有条山口小路。此时才觉出残存石块通道于当年的分量，建在大道，扼守要道，任务艰巨。

城堡北墙约有 60 多米长，东墙约有 70 多米长，如此为一方形，毛石垒就。现在东西两面墙还能看到一点儿地基，约有几十厘米高，说得确切些，就剩下几层石头。墙基约有 1 丈多宽。南墙存留的多些，有一段约 1 米高的石墙，其余则埋藏在草丛之中。西南角留有几层巨大石块。这些即古城残存。

沿新花路东行两里，便是那条山口小路。进入峡谷蹊径，光线明暗变化，溪水相伴，景色优美。过去不少村民深居山中。南行 4 里是山口。两侧长城急转直下，形成关口，建有水关，以为屏障。当地人称为五虎水门关。水关有两个门洞，一旱一水。关门下有九层条石，上用青砖垒出券顶，门口外包条石，显出精致与

五虎水门关

不菲造价。

关下反复踱步。地面铺着大块条石。西侧门洞走水，条石两端凿出燕尾槽，中间用了铁扣连接，当地人形象地称为蝴蝶扣。条石拉手，连为一体，以防洪水冲击。现在铁扣已被取走，只存空形。洞内两壁有闸板槽，约十厘米宽。抬头仰望券顶，闸门已无，上可透天。缝隙中看券门，青砖垒砌，三券三伏。

登上水关，城上马道铺着青砖。水门上还保存着石制绞索架。古人智慧，用了简单的辘轳，庞大笨重的水闸门便可轻松升降，控制水流。绞索何样，里面定有玄机，无论简单或复杂，若存下都会令人赞叹。关口上西侧原有房屋，供守关人员使用，现在只存地基。以前还发现过许多铁球，应是守关火器。关口两侧的长城墙体也已拆除。走向关口南侧，远距离打量，长城于两山之间急转而下，之间连起水关。水关保存至今，实为难得。

为何称五虎水门关？原来两个石门洞顶上，内外两侧各刻虎头。西侧门洞两只虎头下有爪子，提醒行人，不要从这里走。东侧门洞两只虎没有爪子，行人出入尽可放心。制作者真是用心良苦，唯恐有爪伤人，作为标识。更为特殊的是，西侧门洞内，利用地上一块岩石，随形就势，简单勾勒，只在头部胯部简约几錾，一只卧虎跃然而出，栩栩如生，浑然天成。虎头高昂，望向关门洞外。总共五只，

五虎水门关有爪虎门

关名以得。而志书中称为“五虎门口”。

门虎、石虎构思巧妙。石头已经存在了千万年，颇有形状，引发联想，设计出虎门。琢磨起来，也有味道，有石虎守关，增添了玄妙。王洪岭说：五虎水门关有着神奇传说。相传水门为明朝修关将领建造。每到夜里，关口便被毁坏。修关将领为此大伤脑筋，这里没有外人来呀，不得其解，后来做了一梦：一位白胡子老人说：你们修不成，这里是野猪的地盘。它嫌碍事，挡了道，夜里便把水门拱塌了。修关将领寻问解决办法。老人说：在门楣上刻出虎头，在门下雕一母虎，作伏卧欲扑状，率领门上 4 只，可镇百兽。修关将领从之，果真奏效，于是有了五虎水门关。

五虎水门关下石虎

黑谷关堡

返回新花路。王洪岭说：向东一里还有古城，共同前行。远远看到了黑谷关城堡。关口旁边，山峰耸立，向前行走，大山一步步压了过来，黑黢黢的，心生险恶，令人窒息，不敢大声喘气。城堡迎着壁立悬崖，黑山当道，城墙欲摧，何况人乎。遥想古人带兵打仗，行至此处，是否也会增添疑虑，当心中了埋伏。关口起名，似与地形有着密切关系，极为形象。

城堡前有河，称乱水河，因山体沟缝密布，渗出涓涓细流，汇聚成河。“乱”字形象出了生态之好。城门经过维修，部分砖墙做了补修，已经完好。门洞和墙体已修复一新。东城墙有一段经过整修。西城墙大体保持原样。墙体为鹅卵石垒砌，中间也夹杂着部分砖墙。向南望去，能看到坡上最高处的残墙，那里没有修

大山重压黑谷关

整，还存有城墙东南、西南两角的基座。

有修复的马道可以登城。站在城上观望，能看出城堡依山势而建，坐南朝北，长方形，南北向大约400多米，东西向约200多米，只在北墙上设一座城门。沿着北墙走上一趟，城墙垛角残损，留存两三米高。城内已辟为耕地，种植着玉米等庄稼。坡地上用毛石垒出梯田坝。王洪岭指点着说：当年古堡内东侧有一个大戏台，西侧为集市，商贾之所。城外西南有关帝庙，以前每到五月十三，为关公磨刀会，口里关外的各路花会都云集于此，争相竞技，相当热闹。

沿着城外小河向东，山石上刻着"长城第一泉"，截上拦水坝。一潭清水，极为清澈，是安达木河饮用水源区。这里就是当年的水关，与城堡连为一体。王洪岭说：关口东西两侧，山势险峻，只有中间黑谷关一马平川。关口设一陆门，一水门，阻止敌人侵犯。进入关口便是兵营古城，无人能轻易杀入。光绪《密云县志》有记：黑谷关"东北通承德府道。乾搭木河由关入边，西南流注潮河"。乱水河应是安达木河的支流。乾搭木河是古人不同的书写，二者读音相似。

河里能看到水门的大块条石。关于水门还有着传说：水关是让小白龙冲走的。那年小白龙要回白龙潭，经过此关。守闸人正在睡觉，梦中被一白衣少年叫醒：您先起来，让我过去。守闸人到外面一看，天下起大雨，水浮起来了，回去睡了。

黑谷关城堡

又听见少年说：您先醒醒，让我过去。守闸人起来再看，还是什么没有，只是水涨高了，又回去睡。刚一合眼，就听见说：您怎么又睡了。再出去看时，水已经满了，吓得就往城墙上跑。结果水坝被推走了，一直平移到关门前大坑水塘，坝才散毁，被水冲走，所以至今看不到了。之后还有一段白龙与黑龙争斗的故事。神奇的故事让黑谷关增加了神秘色彩。

城堡与山崖相接，狭窄处建起水门，封住水道，防守可谓严密。北望，突兀的悬崖顶上，有一座完整的三眼敌楼，居高临下，俯视周围的一切。关口、城堡、水关、敌楼，越发觉出战争年代此地的重要。城堡在多部志书中有记载。《四镇三关志》：“黑谷寨，洪武年建，通大川，正关，河口迤南俱通骑，冲。”《日下旧闻考》：“东有黑谷关堡，有水关，守备一人守之。”之后的光绪《密云县志》：“黑峪关，通车，县东北一百六十里，在芍香峪口北，有堡，把总戍之。”志书记述前后排序，明朝初年建起关口，接着又建起堡寨，设守备把守，至清代，关口防卫作用下降，降为把总戍守。年代不一，军官级别也有不同。

再向东行，看到立有巨石，写着四县交界处，分别是北京密云，河北滦平、兴隆、承德。于是开起了玩笑，谁能说清站在哪里。有人总结得更为形象，“鸡鸣狗叫惊四县”，“迈一步跨两省，抬一脚踏四县”。黑谷关位于雾灵山山麓东北角，

黑谷关前看第一缕阳光

在北京市地图的东北犄角尖上。所以这里立有石碑，上书“北京第一缕阳光的诞生地”。登上高崖敌楼，最先看到旭日东升，不单是小山村，还是京城的最东方，有着美誉——京都晨曦。

雄伟的长城起伏于山巅，沿雾灵山下西南而来，在这里又急转向西，形成尖角。花园村位置突出，地形复杂，山口又多，形势紧要，建起众多城堡。《四镇三关志》中记，自黑谷关转向西南有：烽台谷寨、烧香谷寨、恶谷寨、南峪寨、遥桥谷寨、大虫谷寨、大水洼寨、苏家峪等，都是洪武年建造。之间还有镰钯峪口、走马安口、马连峪营等。这与光绪《顺天府志》的排序相同。大虫峪口位置似乎偏西，不仅是关口，还有堡寨，“大虫谷寨，洪武年建，通步，缓”。有趣的是，对于五虎门口，光绪《密云县志》与民国《密云县志》明确解释为：“大虫峪口，又名五虎门口。”虎称大虫，古书中常见。而古人续志，有勘误责任。

这些关口堡寨的名字大多消失或者改变。花园、马圈古时未见其名。按今所见，黑谷关城堡居东，守住过往大路；花园城堡居西，守住五虎水门路口；马圈城堡养马驻兵，守住西南关口小路，位居高地，俯瞰花园村，还可快速出击。相去不远，密集了如此之多的军事设施，可见紧要程度。古人在军事要地，精心安排，利用天险，构成牢固防线，万无一失。

敌楼可望京城第一缕阳光

大角峪堡

北京东北，版图上有个尖角，沿着雾灵山脚，形成了特殊行政区划。尖角上有个村子叫大角峪，名字奇异，心中纳罕，角从何来。

大角峪是东北方的尽头，有密云域内公交车总站。四面环山，东面称三棱崖；西面有趣，有个美丽的传说，曾名月亮山，因山体塌落，圆形的山缺了一块，形象成了月牙山；北面是北岭，山下有安达木河，从东北流向西南，把村子围成了半岛形。俯瞰山谷，形似牛角，这般庞大，由此得名。

大角峪是山村，下辖几个自然村，本村有着三四百户，上千口人，这在山区算是大村。村子坐落在山脚，北高南低，面积不小，山间难有这么大块谷地。村里如今满目新房，间或能看到老房子。胡同的毛石墙上有白灰写的标语。黄泥墙

残存的一段东城墙

上抹着白灰，四四方方，应是当年制作的语录板。

正在琢磨时代的印迹，遇到朱瑞良。他 55 岁，是村里的文化人，见笔者对老房子感兴趣，便主动引领，来到另一条胡同。房子更为老旧，涂满白灰的墙体，大部分脱落，露出黄泥，上面写着墨笔板书“解放……南昌武汉西安太原青岛……”。标语断续，时间要早，应在新中国成立前书写的，有着历史价值。

朱瑞良对村子有过研究，极为熟悉，话语便多，边走边聊。来到一条宽敞胡同口，他站住脚说，村里有古城，此地就是城堡南门。城堡不大，方形，各边长约一百二三十米。石门额上书“大角谷堡”。城门洞宽约 3 米，洞内设有烛台及顶门杠窝。城门为榆木，门板很厚，约 15 厘米，铁皮包角，镶有铁质铆钉，门上有铜质乳环，推动城门，嘎吱作响。

城堡只一南门，上有门楼。说话间朱瑞良拿出一张老照片，是 20 世纪 60 年代初照的，能看到城门上的两楹门楼，砖木结构，瓦青脊秀。门楼披水上多为麒麟、蝙蝠等吉祥瑞兽。北城墙无门，建一平台，上有一阁，称城门皋，披水上多为猛兽。特殊的是，楼脊偏东有一巨兽，青面獠牙，怒目圆睁，盘踞屋脊，目视东南。如此设计，不知用意，也不知其名。

正直向北走是村党支部。朱瑞良说：大门口的位置曾是关帝庙山门。寺庙建

房子上的标语记录历史

在城堡东北角，面积很大，两进院落，三排殿舍。当年寺院内花木繁茂：松树、槐树、榆树，还有蜡梅、芍药、兰花。后院一株古槐，树干粗大，有两三人合围。新中国成立后关帝庙办过小学、中学。他在这里一直上完了初中，清晰记得大殿梁上画着的各种图案彩绘。说起这些，朱瑞良一往情深：小时能在城墙上走一圈，20 世纪 70 年代左右，城堡连同城内文物先后被拆除，墙上砖石用于修房盖屋了。

如今这些古迹只能存于记忆中了。古槐证明了年代，查古城历史，明朝初年即建筑了城堡，已有 600 多年历史。《日下旧闻考》记，"大角谷砦……俱洪武年建"，是因战争而建。这里多山，道路并不好走，却是进入京城的重要通道。《四镇三关志》上写，"又五里至大角谷，通步"。

现在的遗存只有东城墙和北城墙有一点儿残迹了。于是寻向残墙，看到街道边上的一溜巨石，原来已经走在了东城墙上。城墙内侧已与房舍地基持平，连向城内。外侧是一户人家，院子地势低，能够看到墙面。那户人家上着锁。于是转到相邻的另一家。女主人张淑芳，74 岁，正在柴锅上做豆腐。自家食用，并不外卖。能有这手艺，外卖也会有市场，想来可能是年事已高，偶尔做上一锅，自己享用。有了沟通，消除了陌生，得以进院。站在院里细看，城墙 1 米多高，几十

城堡旁有安达木河

米长，全部毛石垒砌，巨石足有六七百斤重，三五层不等，白灰勾缝。这是城堡残留中最为完整的一段了。

再寻向北城墙，更为低矮，不足 1 米，残存的毛石与地面混为一片，不特意指明，难以辨别。附近也有较早的房子，下面的坎墙很好看，多是虎皮墙。村里的房子或围墙上用着城砖，街上也看到了码放整齐的城砖。这是当年城门上用的。朱瑞良说：砖分长方形和正方形，古人做工标准，每块都是 25 斤重。村后有许多古砖窑，都是明代所建，仅存遗址。

土城人圈

朱瑞良说：村里还有土城。这令人感到惊奇。原来是伪满时期所建。日本鬼子实施“集家并屯”政策，制造“无人区”，割断百姓与周围的联系。这一带百姓散居附近山里，要全部集中到大角峪村，把老百姓圈起来。于是强征劳工，用了近半年的时间，在村子东南建造起土城，东西长约 150 米，南北宽约 100 米，高约 4.5 米。之后，还在土城的东侧修建了岗楼，每天有日军和伪警察站岗。圈起的人强迫服役干活，人多，吃饭分成两拨儿。土城内架起两口大锅，称东锅、西锅，人们也按地界叫成“东锅伙儿”“西锅伙儿”。

山居

土城大部分于 20 世纪五六十年代损坏，仅存东北一段，约 20 米长，两米多高。下面是散乱的毛石做基础，上面用黄土夯筑。土城与古城并不重叠，西北一段与古城堡相接。从外表看，两座城墙主体，一是毛石，一是黄土，而内里却有着本质差别，古城为了防御，土城为了圈人。当地老百姓称土城为“人圈”，它由血泪凝成，也是日军侵华的罪证。

土城也称人圈

水峪城堡

大角峪下辖的自然村中有大水峪村，村民也称大树峪村，那里还有城堡。于是笔者与朱瑞良同行，向东五六里，看到了山崖，崖下便是村子。村口立有长城保护碑——水峪城堡。远处山上已看到了长城和敌楼。因泥石流等原因，村民全部搬迁到了大角峪村，只留下了民居，闲置多年，门前屋后长满荒草。房舍与院墙多用毛石。一时不能找到城堡遗址。村子周围的山石间，偶然发现了垒砌整齐的巨石，几十米长，一两米高不等，垒砌随着山坡起伏，有的已被挡在房屋院落的后面。城堡方位并不正，而是顺山而建，按照阳光和长城的位置判断，这可能是城堡的北墙了。城墙与山崖衔接，有些地段没有毛石，而是充分利用周围的岩石，形成天然屏障。仅此一段，再寻，已很难觅到了。近些年的资料显示，城墙

水峪村的水井

毁坏严重。

村子建在相对开阔的地界上。向东走，有一条极窄的山间小路。朱瑞良说：这条小路向东通往黑谷关。原来这是古时的关口，与志书所记相同。《四镇三关志》志书中有：“水谷寨，洪武年建，平漫，通众骑，隘口通单骑，冲。”水谷寨即指此地，隘口应是这条小路，极为重要，明朝初年，在此建起城堡，把守住山口。

感慨于大角峪村子地形特殊，是否凝聚风水，人们总向这里汇聚。研读古书，偶然发现，山村历史更为悠久。光绪《顺天府志》有记：“一百六十里大角谷堡，旧有方城废县，在治东北。《方舆纪要》：在县东北。魏主涛以方城并入密云，方城盖慕燕所置。”魏主涛即北魏时期的太武帝拓跋焘。他是一位杰出的军事统帅，先后攻灭胡夏、北燕、北凉，统一了中国北方，并把大角峪并入密云域内。慕燕即慕容云建立的政权，时间在公元 407 年至 436 年间，称为北燕。方城为县名，至北齐时废。县治所在，也有城堡，遗迹无存，却把村子的历史自明代上溯了 1000 多年。

一个山村，竟有四座城堡，时间跨度之大，自南北朝时期，直至现代，相距 1600 多年，时代不同，作用不一。追溯历史，与北魏相隔仅几十年，政权更迭，北齐在这一带筑起长城，自山西大同一带，经密云，直至山海关附近，规模之大，

山口小路通向黑谷关

仅次秦汉。之后的明朝不谋而合，又在这一带续建长城。不由得想起北京版图上的尖角，长城在雾灵山脚划了个的弧线，又急转 180 度，向西而去。古人有过评论：不该把雾灵山让给对手，防线漫长，难于防守。对手每每登高觇望，探知我方军情。若围住雾灵山，防线缩短，居高临下，易于防守。看来如何建造长城，古人费过思量。

山区一带，地形特殊，多民族交汇，极为复杂，从武力征服到战争防御，多少年来没有间歇，直到现代。特殊地域，大角峪村承载着历史的凝重，版图的尖角述说着历史的复杂。

水峪村可以望到山上长城

蔡家甸堡

见过许多古井，皇宫内的珍妃井、江苏靖江的四眼井、云南建水的老井、四川邛崃的文君井，各有历史。异中有同，井是圆的，一度怀疑，象形造字是否有误。到了密云蔡家甸才重新认识：井壁是圆的，毛石垒砌。井边横竖四块条石，护住井口，如此简单，应为井之初始。井是发现，也是创造，有了井，先民便可离开河流湖泊，广阔天地定居。井水倒影，天圆地方。井亦如人，外圆内方以律己，内圆外方以待人。

如今自来水方便，古井大多废弃不用。密云域内就有许多古井：古北口河西村清真寺院内石井，近于干涸；关上村的水质好，古井已经闲置；古北口河东村的三眼井著名，也作为旅游的景点；相距不远的吉家营村有两口古井，只一口在

蔡家甸古井

用，条石泛着黑迹。唯独蔡家甸的井边条石极为洁净，宛若新井，频繁使用，从未停歇。村民对古井爱护有加，每年清理一次，擦洗井壁，打捞树叶。

井水透澈，沏出的茶汤清亮；做出的豆腐嫩滑，别处一斤豆出二斤多豆腐，用这口井水能出三斤。此井水位高，平时用扁担打水，雨季到来，猫腰就能舀到，根本不用井架，无须辘轳，石条上更无绳索勒痕。井旁有石槽，可洗衣服、饮牲口，用途多样。遥想当年，井边景象，男人忙于农活，女人忙于家务。牲口蹄声嗒嗒，槌衣之声咚咚。节奏之中，不觉忆起宋代词人柳咏：凡有井水饮处即能歌柳词。井是聚会的场所，耕织劳作，间或交流娱乐。造字者是否也从中看到条石，信手拈来，浑然天成。

近几十年，人口增多，用水加大，村里挖了几口新井，如此相近，都不如古井水好喝。如今家家都有自来水，水源皆取自新井。古井水量不大，1 丈多深，抽干的水一夜才能蓄满。村里人有着共识，珍惜好水，吃水才去古井挑。极为奇特的是，古井旁有条小河沟，只在雨季时有水，平时很少，村里人称为前河套，河床低于井水位 1 米多，井水就是不外渗流，犹如地下有只神手，护住这盆清水。

前河套如护城河，北岸建有古城。北方许多城堡，上自秦汉，下至明清，多为方形。曾经感叹南方的土楼，把北方的城堡演绎为圆形，实为创举。而蔡家甸

村里存有城堡残墙

的城堡大致呈椭圆形，东西长近百米，南北长二三百米，北高南低。找到村支部，王凤侠 56 岁，在村支部工作多年，熟悉村情。她说：城堡只一东门，村支部大门就是当年的城门位置。当年古城有石门额，刻有城堡名，扔在田地里，有人看到过，已经断裂，一时不能找到。城墙有 4 米多高，村民为了行走方便，在城墙东西两边开出了豁口，称东城豁和西城豁。城堡在“文革”前后逐渐拆除，残存很少。

自村支部向西，城堡南墙下立有长城文物保护碑，上书“蔡家甸城堡”。这里有一段残墙，1 米多高，几米长，依墙盖有房屋。再向西还有一段西墙，十几米长，一两米高不等，上面由大小块毛石混砌。查过史志，对这座城堡少有记载，只在光绪《密云县志》看到，“又南二里曰蔡家店民堡”。十多年前，密云对城堡等文物进行普查，蔡家甸处于山区，这一带城堡密集，多为明代所建。曾做过文物所长的专家祝自祥说：城堡为明代万历年间建造。

古书写为“店”，一直延续到 20 世纪 90 年代，改写为“甸”。而称为“民堡”是否与驻军营城有别。王凤侠说：有老人记得，村里最初有蔡、李、史三个大户，山西人，来这里开荒种田，有十里菜地。记忆是否暗合了明代的多次大移民，边防要地，民屯、垦荒、戍边。

老房已有几百年

王凤侠说：当年城门内有戏台，规模不小，面向西南。后面有五道庙，也是面向西南。于是来到一户人家，后院有几间瓦房，老房子年久失修，门窗已经倾斜，无人居住。又来到一家地主的老房子。门窗更换一新，只是戗檐上的砖雕荷花，构图巧妙，刀法精致，能想象房屋主人当年建造宅院的精心。

古井古城，形状一反常见，逆向思维。对于城堡选址曾有疑惑，先有井还是先有城，似乎像个哲学命题。堪舆学家或是风水先生勘察地形时，应该考虑把水作为选址的必要条件之一。一地居住，若是苦井可就遭罪了，甜水方能显出先生手段，造福一方。蔡家甸村的老人说，这里先有井，后有城，有人就有井。井上条石錾得平直，有了断裂，显出古旧，这还不能说明井的年代，有可能是后来做的。井与城，如影随形，分割不断。

城址没有选错，城外有甜水，谁也不能预测，时隔四五百年后，城堡会遭到日军侵略。他们制造“无人区”，把附近的东沟、西沟、崔家峪等几个村的村民集中起来，当时叫“聚家”，谁不搬走就烧谁家房子，反抗就杀。百姓被圈进了蔡家甸城堡，人们形象地称为“人圈”。圈里的百姓每天被迫服役干活，遭受凌辱，处境悲惨。日军还以“防八路”为借口，命令各家日夜不得关门，鬼子汉奸经常随意闯入民宅。村里李素珍老人的妯娌姐妹没能躲过魔爪，惨遭蹂躏。忆起往事，

蔡家甸城边小河

已经 80 多岁的老人咬牙切齿，恨不得撕了鬼子兵才解恨。

人圈恰如一口苦井，村民灾难深重。邹奋韬先生在《人圈》中写道：“最凄惨的是我们的民族敌人近来在东北各村里设有所谓‘人圈’，把贫病交加的我们的苦同胞，拉到这个人圈里去喂猎狗！”正如歌唱家郭兰英所唱：旧社会好比是，黑格洞洞的苦井万丈深。井底下压着咱们老百姓。

新中国成立后，蔡家甸村民跳出了苦井。如今村里现有 300 多户，600 多口人，修建了街心公园、健身广场，成为市级生态文明村。山区温差大，种出的苹果个大味甜，色泽亮丽，建成了观光采摘园。香甜的果实是否有古井水系的涵养，适宜农作物生长。古井挖于何时，无人说清，城堡也记载无多。而苦与甜，方与圆，已构成了村子的历史。

美丽山村

齐头堡城

天云山有许多传奇，不是一代人记忆中电影里的那座，而是位于密云东北。天云山并不很高，海拔 1000 多米，山峰奇特，颇有形象：石如神鹿、鸳鸯、石猴，鬼斧神工；峰似拜师、弥陀、卧猩，刀削斧剁；山脊蜿蜒着长城，座座敌楼相连，有云中、锁雾、点将之名，想起诗句“危楼高百尺”，这要比平地高楼更为惊心动魄。心中生出不解，攀爬尚且艰难，为何还建敌楼？

还有奇处，连绵的山峰上围出一座瓮城。两条城墙从西侧山峰点将楼始，然后分向两面的谷底山峦，再合于东侧另一座山峰敌楼，各长约 5 里，南北城墙相距约五六百米，如此巨大，建它何用？

瓮城北面那道城墙结构，内里毛石，外面大部分包砖。敌楼用砖垒砌，山峰

天云山长城起伏

处人迹罕至，敌楼保存基本完好，山谷内有条通道，为过往路人必经，敌楼已经损坏。城墙上建水门洞，古时的关口。有小河流过，20 世纪 80 年代还有水，现已断流。

南面城墙是用毛石垒砌，而建造特别，有明显分层，每层按水平码砌，层间夹有小石块。女儿墙下压有石板牙子，十分精致。这样建造更加费时费力。城墙已不完整，有些地段虽经拆毁，依然能够显示出气势。从远处观看，大小石间很有节奏，甚是整齐，起伏于峰谷之间，组成一道韵律十足的乐谱。毛石间勾着白灰，用手拷问，回应结实，不能撼动。女儿墙上的箭口俯视着下面的敌情，马道上的荒草诉说着古老的历史。野草密集，生生不息，谁能分清哪一株是士兵踩过还是马蹄踏过……

南面城墙没有敌楼，南北两道城墙，建造方法不一，有着巨大差别，难道不是同时而为？瓮城之中围住一座山脊，站在这里，北面的城墙及山谷群峰尽在目中。同行的秀海清说：这个山脊当地人称为高台，上面堆积有散碎的石块，很可能建有一座楼台，可以观察瞭望，应是军事重地。

瓮城内树木繁茂，白桦成林。城内有井，约两米多深，水质清冽，长年不断。夏秋之季，水量尤多，井水外溢，形成湖泊。井水人喝，湖水畜饮。湖边种着落

天云山南城墙精致

叶松，高大挺拔，长势可人。湖底发现过瓷片，说明有人居住。水井旁发现过几间房屋遗址，南城墙外也有一处，仅此而已。湖边有蚂蚁窝，蚂蚁巨大，比见到过的大蚂蚁还要宽大。筑窝挖土，形成很大的土堆，当地人形象称为蚂蚁坟，令人联想到此地的远古。

京城西北有类似的瓮城，跨山而建，内里多有驻兵，建有房屋，形成街道，严格来说是一座城堡。而这里的瓮城建在山峦间，面积巨大，既不大量屯兵，也不是城门前用于防御的设施，在别处少见，自然生出诸多存疑。问过曾做区文物所长的专家祝自祥，得到了回答：两道城墙都是明朝所建，围出一座瓮城。查了《四镇三关志》，这一带军事上属于曹家路管辖，城墙漫长，共有“边城一百六十四里”，如此长的防线，建造的时间为“嘉靖三十年建，隆庆元年修。空心敌台五十八座，隆庆三年至万历元年节次建”。明代不断加固完善长城，城墙建筑结构不统一，很可能不在一个年代。

城墙为何不完整？秀海清说：那是在20世纪70年代前后有生产队时拆的。山岭北边是河北滦平，两边各有村落，都从长城上搬过砖，用来垒猪圈、盖房子，当时搬回一块砖记一工分，不少人有搬砖的记忆。南面这道城墙全用大块毛石，所以墙体存留的多些。

东沟村民居

山下的村落，秀海清说是东沟村，下辖东沟、西沟、石沟峪三个自然村，有185户，388口人。东沟村里有个城堡。秀海清对村情如此熟悉，原来他是东沟村书记，46岁，上山来巡查。他爽快答应带我去看城堡，一同下山，来到东沟村。

村子不大，多是近些年盖的民居。那是因为日本人入侵这里，把村民集中到南边的蔡家甸村，老房子都拆没了。来到村边，山坡上垒出道道梯田坝，成为一片耕地，种着庄稼和果树。秀海清说：这就是城堡，建于山坡，西北高，东南低，方形，各边长约二三百米。城堡早有损坏，剩下的城体也在20世纪六七十年代平整土地时拆除，成为现状，当地人称为破城子。城堡开一南门。他指着小路边一道1米多高的毛石坝说：这是南城墙位置，长约100多米中，只有七八米长一段是原物，其他都是后来垒放的。这段原物石墙旁就是城门处。

站在这里，已经看不出一丝城堡的痕迹。西墙、北墙都没了。秀海清走向东侧。这里是坡地的边缘，下面有两三米深，是一户人家。向外探着身子，能看到城堡的东墙，毛石垒砌，约二三百米长，如同梯田坝，拦住了坡土。

城堡因残而称破城子，难道没有大名？查阅光绪《密云县志》：“齐头崖口，通步，县东北一百四十里，……其东南有堡，又南二里曰蔡家店民堡。”齐头崖口

西沟村口古松树

在哪里？秀海清说：相邻西沟村的北面有山口，路窄，可以翻越山岭，那里是山口。山脚下还有一座很小的城堡，大约 50 米见方，叫寨子顶，现在也是耕地，只能找到一些散碎石块。这名字是老辈人传下来的。东沟村这座城堡恰是在山口东南，向南约二里，正是蔡家店，今称蔡家甸村。《日下旧闻考》上有："齐头崖砦……俱洪武年建。"砦即寨，齐头崖寨应指东沟村这座城堡，明初即建，至今已有 600 多年历史。破城子即是齐头崖寨城堡。寨子顶是建在城堡与关口之间的小城，位于齐头崖寨的山坡上而名顶。

西沟村相距很近，仅隔一条山梁。村里与东沟村同样遭受日本鬼子的灾难，没有老民居，最早的是 20 世纪 50 年代盖的房子，还有一处 60 年代"知青"上山下乡时盖的房子，是按传统建筑方法建造。村口有棵松树，两三个人才能抱过来，形状也特殊，枝叶茂盛，如同华盖，遮出巨大的树荫。树干上常拴牛，树皮有舔出的伤疤。松树生长缓慢，没有几百年以上，长不成如此粗壮，由此见证了村子的古老。松树上曾挂有铁钟，七八十斤重，生产队时还敲过，20 世纪 70 年代末砸碎，做成了铧犁。松树为庙前植物，北面有五道庙、龙王庙等几座庙宇。寺庙在"文革"期间拆毁，如今已不容易找到痕迹。南面的古井有水，仍在使用。村北还有两口井，说明过去居住人口之多。

西沟村解放后的老房

西沟村大姓是秀，此姓古老。秀海清说：秀姓来源多样，有姬姓的分支，有出自古代的农家、官称、匠人，有少数民族姓氏的汉化。本村的究竟出自何处，不好考证，而能记得村里向上排辈，有海、凤、万、存、乃等字。周边包括京城的秀姓人也是从本村出去的。非常奇怪，《百家姓》里没有的秀姓，祖辈何时迁来，怎会定居在边远的小山村？

这又令人惊奇。东沟村的城堡应与戍边有关。明代曾向这一带大量移民，多是从山西等北方地区迁至此地。而西沟为何有那么古老的松树？听村里老人说，20 世纪 60 年代曾伐倒过一棵松树，树杈能出独板，做出好几口棺材。这比现存的那一棵还要粗壮。西沟人何时入住，是与东沟戍边士兵同时，还是之前到来？是战争所需，还是逃避战乱？留下诸多想象，或许还有传奇。

西沟村知青盖的民居

破城子堡

头道沟是条进山小路。密云松曹路北有四条山沟，因排在西边第一而称头道。进沟两里是山脚，五里到了山脊。山峰险峻，起伏不定。今人眼中，视为美景，描绘出万千姿态，想出美妙名字：熊吼石、情人石、鳄鱼石、海豚石，惟妙惟肖，各有神似。而在古代则为险关要道，峰巅长城蜿蜒，敌楼密布，显露出军情紧急。

头道沟也是村名，下辖三个自然村，七八十户，200 多口人。村支书是李春山，55 岁。问起沟情。他说：头道沟通向河北承德。50 多年前，山岭那边的人经常过来，交换大米白面等各种生活用品。这边的人娶媳妇，抬着婚轿也往返这条沟。山峰海拔约千米，翻过来要走那么远的路，抬着轿子更是艰难，路远无轻担，何况大活人，如若吹吹打打，可能会调剂精神，乐声响彻古道，增添喜庆，减轻

头道沟村

疲劳。现在生活水平高了，价差不明显，用品无须到此交换，往来也可乘车绕大道，走此路的人少了。

头道沟是条通道，连接大山两边。尽管山路崎岖，羊肠小道，依旧是古时北方游牧民族进入中原的必经之路，因此筑起长城。《四镇三关志》对此地有记载："曹家寨下：柏岭安寨，洪武年建。狗皮岭路通单骑，冲，迤西墩空……"文字无多，信息不少。可以得知，这里有条小路，极为重要，骑兵能一列纵队行进，与志书所记相同。李春山听村里老人说过狗皮岭。不知因山形相似，还是海拔高，寒冷风疾，过岭人要穿狗皮衣。这里的动物不多，用狗皮防风御寒来得容易。狗皮岭名不好听，传说的人少，渐渐淡忘，头道沟则众所周知。

这里建有城堡。李春山说：长城上有关口，称为柏岭安，现在写为白岭关，过去还有房屋建筑，驻兵把守。至于"柏岭安寨"便不知道了。不过头道沟口有座城堡。于是回到松曹路。公路边上有长城碑牌，并不显眼，上面明确写着"破城子城堡"。旁边没有简介，只能联想到城堡因长城而建，却不能知道具体详情。碑牌像一块无名碑，默默立在那里。

城堡内外盖满房屋，形成村落。碑牌旁看不到城墙。据相关资料，大约十年前，南墙还有约 10 米长的残存，现在已为院墙地基，看不到了。东墙、西墙也是房舍地

房屋地基为城堡西城墙

基，只是西墙露出地面几十厘米高，几米长。北城墙在山坡上，保存的要多，两三米高不等，有近百米长，在村口，能隐约看到树丛中露出的墙体，毛石垒砌。

城堡只开一南门，进村有个上坡，这是城门处。从四至估量，城堡东西长约百米，南北宽约七八十米。城墙拆除的年代说不清。李春山记得小时候只看到过一两米高的残墙，拆除应该很早，且是个逐渐的过程。城门外有个很小的庙，立在路旁，记不得名字，20 世纪七八十年代拆除。公路南侧有条小河沟，水很少。过了河有口古井，村里人还在用。新用水泥做了井盖和井沿，四周干净。现在家家都有自来水，村里人还爱用这口井水。

城堡的名字令人质疑。破城子之名各地多有：有古城，处于山区，面积不大，位于坡地，毁坏较早，多如此称呼，很像山区娃娃乳名，随口而出。明代在长城以内各个要道，建造了众多城堡。曹家路军事防区就有 22 座，一些城堡的名字已经消失，附近就有扒头崖寨、师姑谷寨、倒班岭寨等，在村镇中寻找不到相关名称。建城堡之初绝不会称“破城子”，这是自毁名誉。

站在长城碑牌前，向山坡上望，房屋相连，面积不大。李春山说：这是头道沟村下属的自然村，名寨子村，原有 22 户，70 多口人。现在，人到城区谋事儿，户还在，常住人只剩下十多口了。村名引起了注意，寨子村，什么“寨子”，这一

头道沟村的老井

带的城堡都称寨，志书上说：“屯军曰营，列守曰寨。”这里定然是古城堡。

笔者追问，附近还有城堡吗？李春山说：头道沟里山脚下还有一座叫“城子”，也叫“城上”。那里距山顶柏岭安关口近得多。从沟口到山顶约走四五十分钟，若从这里上到山顶，时间会更短。城堡更小，长约三十米，宽不足二十米，建在沟边，过去也是驻兵的地方。城墙用毛石垒砌，损坏的年代也很久。现在只剩些碎石围在四周，不经人指点，很难确定遗迹。

柏岭安寨一定是这两座。“城上”离关口近，如有可能，寨子村的城堡又叫什么名呢？寻查过那些消失的城堡，希望能在此出现。然而还有另种可能：古人在重要的关口要道多建两座城堡，一大一小。城堡大的是正城，指挥机构驻扎这里。前方再建一小城，称关上、城上、上关等名，与山上的关口相互支援，形成一个防御体系，以保关口要道不失。“城上”与“寨子”是留传下来的名字，带有历史痕迹。这里很有可能是这种防御格局。柏岭安寨是正城，损坏很早，逐渐淡忘，被形象为破城子。

村北山峰连绵。志书上记的“迤西墩空”是指自头道沟以西，距京城近，军情更为紧要，多建空心敌楼。这是戚继光修建长城时的创举。山脚下建有砖瓦窑，完好的还有两座，这是明代修筑长城，大量用砖的见证。站在寨子村口，远望长

关上城堡北墙

城，想起光绪《顺天府志》中记述的名称，庙儿岭、北高墩，群峰连绵，墩台相望，地势险要。

山峰上长城连绵。山凹处，用砖砌出拱券，接起长城，下面形成孔洞，便有了“长城卧桥”的景致，工程艰难，巧妙至极。这便引起好奇，查阅清代地图，上面记述有窟窿山。询问李春山，这孔洞不是那窟窿，要从远处才能看到。于是来到村口，仔细打量，“长城卧桥”西侧果然看到了窟窿，有着特别，不是圆洞，而是弯弯的一牙儿，如同柳叶美眉，穿透山体。当地流传着故事：从前有 12 个太阳，轮流挂在天上，不分昼夜，土地旱得裂开大缝，庄稼颗粒无收，百姓无法生存。玉皇大帝得知，派二郎神下凡。他用扁担挑起大山，追赶太阳，一个个压在了大山底下，只留了一个，人们得以生息。二郎神把山放到此处，窟窿就是扁担孔。当地人是否因窟窿形状而联想到扁担，创作出了这个美丽的传说。

按志书所记，村子源于征战，自明初算起，至今已有 600 多年，历史厚重。战争年代，边远山区，生活条件艰苦。而古道年代更为久远，为了谋生，人们艰难跋涉，往返于狗皮岭古道。而故事传说如同初升的曙光，给凝重的生活带来了希望与美好。

窟窿山有扁担孔

新城子堡

看到新城子，想到了旧城，是否会有老城。

新城子是大村，去密云东北部必经之路，大街修得宽敞，有交通指示牌，标识规范。路两旁各种特色商店，格外繁华。房舍密集，错落有致，有如城镇。镇政府驻扎于此，与村同名。优越的地理位置，村子发展也迅速。

越是发达，想法越多，古城留得住吗？走在大街上，看不出任何迹象。再问路边村民，不知古城遗迹在哪里。想着这么现代的村落，古城大概消失了。

大街一侧就是村委会。很巧，支部书记李国臣在办公。他 57 岁，本村人，很热心，知道来意，便主动带路。自大街沿河向西，村里胡同纵横。河在城南门前，可以护城。城内遗迹不多了，李书记不停地介绍着，说话间，指着一条胡同说：

城子大街是城堡东墙外

这就是南城墙。笔者有些吃惊，水泥铺路，平整低矮，向西走了上百米，胡同无论如何也走不出墙上的感觉。逐渐有些上坡，路边有沟，几十厘米深，能看出垒砌了几层石块，经李书记指点，是残存的城墙。

来到胡同的交叉路口，这是古城的西南角，向北又是一条胡同。李书记说：这胡同就是西城墙。站在胡同口向北望，胡同很深，看来城的规模不小。李书记说：胡同的纵深就是城墙的长度，南北约 200 多米，东西约 150 多米。城墙逐渐拆平，两侧盖满了房屋，形成胡同。有些民居还用着城上的砖石。西城墙离公路远，又在村子里边，还有遗迹。这个路口下面还留有西南角基座。向下看到了两层巨大方石，上面为圆石，白灰勾缝，约 1 米多高。

城里还能存有什么旧物？还有地主的老房子。李书记带着在胡同里走，看到民居山墙别样，随着介绍说：这叫五花山墙，是一种砖与石的组砌形式，传统建筑。定睛细看，这面山墙在砖的包围分割中，圆石有规律地垒砌成大小不一的五部分，当地盖房的民俗，好看结实又有寓意。

来到地主院，门脸讲究，门口有门蹲儿，方形，有图案，一边是菊花，一边是荷花，雕刻精致。临街的后房山开有窗户，起拱，有着清末民初的风格。院子是三套院，五层房子，之间有门可过，随着城的走向，正房为东西向，都建有配

新城子旧时地主宅子

房。房屋有民国时的，也有清代建的，主院北侧还有三间老式的合瓦房。主人当年是很有钱的人家。地主早已不在，也无后人居住，现在住有村里几家人。院落的格局也已改变，用码放的青砖隔开。房子山墙也有五花墙，形状与街上的小有不同。里院房子新换了门窗。这个院主人住在东房，为倒座儿房，守着门道旁，进出方便。从外面看，五间房屋已显示不出当年地主的豪华，与普通的民居没有区别，甚至不如新盖房屋敞亮，却透露出传统建筑的气息。

李书记带领我们回到新城子大街上，在一个卖坚果店前停下来说：大街贴着东城墙。这里是城的东南角，还能看到一点残迹。柜台下面，果真有两三层圆石。以此延伸向北，别家的几家柜台下面断续也有几段，很像垫起柜台的台阶，这就是东城墙。坚果店紧邻着另一家的山墙，间距很窄，勉强把头伸向里面，能看到房山上的巨大圆石，这就是南城墙。房角就是东南城墙的地基。古城残存。

再问古城印象。李书记说：你们找老主任聊聊，他知道的多。又到老主任家敲门，说出去了，再打电话联系，李书记一通忙活。我们在村委会静等。不一会儿，进来一位老人，80 岁了，手执拐杖，腿脚不好，能来这里，让人感动。老人叫李廷权，做过村委会主任，精神矍铄，思路清晰，对古城很有感情，对每家每户也很熟悉，曾经想做个沙盘，把古城记录下来，后来人口不断增加，变化太多，

摊位下即是旧城墙

身体不好，年龄大了，因诸多原因而放弃了。

李老人说起古城，如数家珍。城开南北二门，像个五边形。城南墙是直的，北城墙是尖的。东北、西北两个城角呈钝角，城门突出向前，如同箭头，所以又把北城墙叫北箭。两城门上都有门楼，一大间，四角八叉，壮观漂亮，内里供着神像。南门楼上供有魁星，北门楼上也是庙。两城门上都有钟，南小北大。李老人只见过北城门上的那口大钟，平时初一、十五敲，城里有事也敲，如来了土匪、着了火等，全城人出动，保护城堡安全。李老人没见过角楼，只是在一角上看到过角楼基础的痕迹，也可能有，不能说准。城墙上的外侧有垛子，可以打击来敌，内侧建有女儿墙，保证自己人的安全。城墙马道上铺着三层方砖，格外结实。南城有门额“新城庄”，汉白玉质地。城堡没有老与旧的问题，至于什么时候把“庄”改成“子”就说不准了。

查阅志书，城名与光绪《顺天府志》“新城庄堡”所记一致。李老人记忆准确。村里曾有城志碑，城堡在明万历四十五年（1617）进行过维修。碑文中记：“新城庄堡城二百三十丈，底阔一丈二尺，收顶八尺，高连垛口二丈，外修发券南门一座，上盖望房一间，四角各盖铺房一间。”碑文后面罗列了众多的人名，且多是这一带的军政高官，足见对于修建城堡的重视程度。城堡的规模很大，四角还建有

走在新城子城堡南城墙上

“铺房”，也可说是角楼，这在一般城堡少见，只可惜那么早就已损毁，连地基也不易看出。“铺房”即是门楼，只一楹，与李老人说的相符。

说话间，李老人特意画出了平面地图，再加以指示，城在头脑中立刻清晰起来。城内有南北向两条街，东侧称前街，西侧称后街，街两侧是民居。城内布局整齐，贴着东西城墙是三排房，中间是两排房，这样形成了两条街。地主院就在后街上。城南有南庙，很有规模。山门三间，供着四大天王。东西配殿各三间。正殿三间，供着三尊佛像、十八罗汉。东南位置有钟楼，钟很重。城外西南有五道庙。城里有两口井，一在城北，一在南庙旁，现在井口还在，水已无多。

城墙在 20 世纪 40 年代被拆过。那时打仗，为了进城方便，本村人不让拆，便去拆小口村的城，结果那村的人就到这里来拆，互相拆了一些。20 世纪 50 年代初拆了城楼，还拆了南庙、五道庙。南庙改建成小学，李老人十五六岁时在那里上过学。以前城墙有五六米高，20 世纪七八十年代各家盖房，大部分被拆去了，直到现今的样子。

如何见证此地的古老。李老人说，有株古柏，就在新城子城北门外公路西侧小山坡上，值得去看。古城向北，走路不多，相隔很远就看到了树冠，高达二三十米，遮荫很广，当地村民称为“天棚柏”。近观，树干极粗，要许多人合围

新城子民居

才能搂拢。树身不高，生出 18 根枝杈，有如扇面一样展开，最细的杈也如大树，一人搂不过来，所以得名“九搂十八杈”。

有人认为，明洪武年间修筑长城和新城庄城堡时，这株古柏就已经是粗大的巨树了。还认为，这里原有关帝庙遗址。人们出于对关公的敬仰，又称此柏为“护寺柏”。此柏为庙前之树，而与庙并不同龄，先有柏后建庙。李老人说：小时候进过关帝庙，那个位置可能还有几棵柏树，因为有庙，或形状特殊而存留了这一株。至于此柏的年龄，有的说为唐代所植，至今已 1300 多年，还有说距今已经 2000 多年，而树前石碑上的推测年龄为 3000 多年。

天坛里古柏参天，都无法与之相比，堪称北京古柏之最。树围粗壮，树冠高大，显示出的古老沧桑，远远超出了京都所见。有人曾有一比，可与陕西黄陵县黄帝陵的轩辕手植柏，山西太原晋祠的周柏，河南嵩山嵩阳书院的大将军柏、二将军柏等齐名。

此柏还有着故事：相传在明嘉靖年间，有两个淘宝人，听说古柏粗干中藏有宝，乘着黑夜，偷偷从十八杈的洞中取出两根木棒，放到旅店炕席下。店家正巧看见，早晨生火时，顺手把木棒放进灶里。谁知这两根木棒一见火，立刻变成两条金龙飞走了。淘宝人一看宝没了，便与店家争吵起来。正当此时，忽听外面有

新城子村民居

人大喊："大柏树着火了！"这个传说离奇，无因无果，却表明当地人对古柏的喜爱。

柏树如此古老，可能有了灵性。当地村民视为"神柏"，枝干上挂了许多红色布条，希望保佑生活吉祥平安。不知当年关帝庙选址于此，是否做了精心安排，借助古树神灵，保护城堡。正当此时，有学校组织学生来到树下搞活动，红领巾黄火炬点亮古树周围。学校能在这里搞队日活动，很有意义，也是让下一代记住村子古老的历史，不忘根本。

又想起李老人的沙盘。古城古树，没有资料记述，更无形象图案，而于一般村子，限于年龄记忆文化意识，几乎无人能做。李老人有着特殊的经历，个人条件得天独厚，如能做成，实在是村里的幸事，也是村里的宝贵财富。

不禁惋惜。

古柏又称天棚柏

小口城堡

名山大川，大江大河，区域宽泛，遐迩闻名，常有“口”字，某山口某渡口，哪怕是走西口，也众人知晓。小口村北面有山，当地人称后山，不很高大，形状独特，一峰高耸，群峰连绵，足可依靠；南面有河，名安达木河，一条大河，有许多分支，流域广泛，这里是主干，只是现在水量不大。这样的位置背山面水，古时为风水吉祥之地。村子处在三岔路口上，密云新城子通往曹家路和遥桥峪村的必经之地。村名与这样的路口有关系吗？还没进村，便有了疑问。

新城子东北，沿着公路，不远就到了小口村。山村不大，100 多户，200 多口人。路边立着全国重点文物保护单位长城碑，上书小口城堡，还有县文物保护单位的碑，以及介绍城堡的碑。三块石碑提示着此城的重要。而旁边的城门只剩

小口城堡城门口

下三层石头。若非看到三块石碑，并不以为这是城堡大门。城门间距很窄，比别处的小了许多，仅两米多宽，勉强开过一辆小轿车。细看城门两边的石头，錾得平滑整齐，有村民坐在石上休息。村民多住在城堡里。

城门为何开这么小的门洞，便对城堡产生兴趣。城口碑文上写着：小口城堡古称将军台，是明代屯兵教练军队的地方。原来小口是别称，将军台才是正名。当地有老人记得，这里叫河间营，过去出过将军，负责修建城堡和这一带的长城。还有人说，城东有一座指挥台，建在不远处，所以得名。区文委为此曾做过调查，并没找到指挥台的遗迹。一座指挥台，不知建得何样，即使有，几百年过去，消失也属正常。

查阅志书，古时有将军台寨，建于明朝初年。《日下旧闻考》记："曹家路东自小台儿砦西至将军台砦，延袤一百三十五里。关砦二十二：……将军台砦，俱洪武年建。"《四镇三关志》载："将军台洪武年建，通步，缓。"《昌平山水记》写为"将军台堡"。《畿辅通志》同记："将军台堡在密云县东一百二十里。"还是有些奇怪，曹家路是这一带的军事指挥中心，为何称这里为将军台，或有高官在此，或许真出过将军，还是到这里练兵。

北面三里就是长城关口，称师姑峪口，光绪《密云县志》记："师姑峪口其南

小口城堡城墙

三里曰将军台。”而光绪《顺天府志》中提到这里有一座山：“……又六里至将军台山。《三镇边务总要》：将军台山险，通步。”城堡是否会与这座山有关联：山形特殊，群峰簇拥，高耸之峰，有如将军，因而得名；或是先有城堡，再命名山，想来也是有趣。

至于小口之名，当地人说，这个城门口比别处地方的城堡门口小，人们习惯称为小口。还有说是八路军为了打击日寇，出入方便，在南墙东边开了个口子，久而久之，这儿就成了小口。村里也有文字记载，小口是在抗日战争时更的名。不论怎样，这个城门确实比别的开口小。心中不禁想，是否因面临大河，当年为防水患，才把城门修得窄小。这里是险要之地，交通要道。古书上说：“屯军曰营，列守曰砦”。这座城堡称为“砦”，主要功能应是守御。

村里发现过城志碑。城在明万历三十七年（1609）进行过修整。碑文记载：“将军台寨石堡城八十五丈五尺，底阔一丈四尺，收顶一丈，高连垛口二丈三尺，俱用灰泥砌石填心，纯灰砌垒边……方砖墁顶。”具体说明了修整城池的大小，城墙的长宽高。石墙建得结实，中间用灰泥，外墙用灰连接起石块。马道上墁有方砖。

迎着城门，见到了古庙，坐北朝南，前有影壁。门前有石碑，小口关帝庙，

小口村残存的城墙

是文物保护单位。院内为四合院式建筑。南殿三间，前后开通，有如山门，大门紧闭，为马王庙。殿西侧有门可出入。东西配殿各三间。北边东侧有三间大殿，是关帝殿。殿顶铺的瓦也不同，用着筒瓦，前有瓦当，让人觉出寺庙的庄重与不凡。四级台阶用着古老的巨石。正殿山墙也是原样，两侧廊墙上留有壁画，基本能看清线条与字迹，一边是秦琼，一边是尉迟恭。大殿梁柱柁还是旧物，上面描着各种图案的彩绘。殿内供奉着关公像，两侧墙上有壁画，只是大部分被白灰覆盖。

北边西侧也有三间大殿，为娘娘殿，比关帝庙略矮。殿里供奉着三尊娘娘塑像，还供奉着火神、药王和药圣。据当地人讲，以前庙的面积不小，内里青松翠柏虬槐，都很高大，葱郁参天。庙里同时有关帝庙、娘娘庙、火神庙、药王庙，为多神共奉。近些年寺庙油饰一新，从彩绘上看，局部也有新近的补色。

古寺有着古老传说：当年康熙皇帝去热河避暑，遭反清复明志士追杀，被迫出了御道，仓皇逃经这里，正巧来到了关帝庙。此时天降瓢泼大雨，康熙皇帝情急之下，脱口喊出“何人护驾？”说也神了，就听空中有人应道：“二弟护驾在此！”康熙大喜，安全回宫后，特封关公“协天大帝，亘古一人”。

马王庙内供有白马、红马。红马似为关公的赤兔，白马是关平的坐骑。因关

小口村马王庙

公护驾得封，关平随父救驾也就有功，这两匹坐骑也就成了神马，被人们供奉。这两尊神马也有传说。村里老人讲，当年村里种麦子，有村民看见白马在吃，随后追到庙旁便不见踪影。第二天，村民一早来到庙里，看到白马嘴里叨有麦子，很是吃惊。有老人说，这座古庙这么久远，而且曾经救过驾，也算保佑一方水土的神庙。于是逢年过节，村民都会到庙里供奉神像。

是否继承了古时的传统，现今村子也记有城志，即村子的历史，抄写在关帝庙内。其中也有一段传说故事：明朝为巩固疆土，派了一名将军来此筑城。原打算修一座长 250 丈，宽 20 丈的城池。这样就把一个财主庄园圈在城中。这是保国卫民的好事，百姓们争相出工，自动捐款。可财主不同意被圈在城中，也不愿捐一文钱，想尽办法反对修这座城。这位将军是朝廷命官，却斗不过这个地头蛇，只好把城堡缩小到现在这么大。城池小了，修建并不顺利，临城门的东南角总是白天修黑夜塌，反复多次，人人着急。这时人们纷纷传言，这是把城修到龙头上了，弄得人心惶惶。后来请来一位道人看看地形说："这座山叫卧龙山，城正修在龙头上。城门前的小崖头正是龙口。龙口下边有一池清泉，是卧龙饮水之地。你们要修好这座城，必须这么办……"于是他如此这般地说了一番。大家就按照他所讲的，在这座小城的右后角 40 多丈处的山地上，锹挖镐刨，直至从所开的深

小口村关帝殿

槽中流出了红水。据这位道人讲，这红水就是龙血，见了龙血，龙头就被斩断了。此后，城果真修成功了。据说，所传的龙头都是那家财主在百姓中造的谣言，城堡白天修黑夜塌，也是财主花钱雇人干的。龙头一断，迷信破除，没人再跟着财主干坏事。财主家如釜底抽薪，从此一蹶不振。而那道士不是别人，正是微服私访的戚继光大人。

回味着古老的故事，走出关帝庙，正遇一人。张秀华，63 岁，从外村嫁来，在此生活整 40 年了，对村里情况熟悉。上前询问古城为何保存得这样好。她介绍说，原来关帝庙在“文革”时当过大队部，常在庙里开会议事。那时拉倒了神像，现在是重塑的。关帝庙还办过学校。马王庙殿里山墙上，还涂有上学用的黑板。关帝庙很有影响，每年三月十八有庙会，唱歌跳舞演节目，还扭秧歌，非常热闹。大队部在十多年前搬出，之后对寺庙进行了维修。

城内住满居民，在街上行走，能看到有很好的门楼。民居院墙有城上的砖和比较整齐的毛石。南城墙遗址上已为居民家的小院，撒上土，辟为耕地，种些应季的菜。随张秀华一直来到城的东南角，这是她家，三合院，北房 4 间，东西三间后盖的，房是老地基。城墙 40 年前就这样，没变。

这里可以登城。城墙上满是荆棘，北城墙建在山上，像一道屏障。站在城

小口城关帝庙彩绘

角，能看出全城的形状。城堡依山而建，北高南低，呈不规则的扇形，雄伟壮观。南墙长有几十米，东墙长有上百米。西墙、北墙随山就势，呈半圆形，多用大块鹅卵石垒砌而成，上面垛口早已拆除。城只设一南门，砖石结构。南墙及城门在 1978 年修遥桥峪水库时拆除，其余基本保持原样。

张秀华说城门看到过，是在来村之后拆的，上面有钟，也可能是截铁轨，村里有事就敲钟。城门外有三口水井，一在城门外，是老井，用辘轳打水。另两口在城外东南，是机井，现在都不用了。据那块明万历城志碑上记载，城门上还有城楼，那次维修中，重点对城门楼及两边的城墙进行了修整。

走向城外。城西南角是圆的，细看大块鹅卵石，每块虽是圆的，而构筑在一起，经白石灰浆勾缝，显出平整结实。传统工艺，现代人很难做到的。看着城堡背山面河，赞叹着绝佳宝地。城堡虽小，却与将军有关联，能得此名，不仅证明此地的古老，还有着文化的传承，否则怎会出那么多的传说故事。

小口村民居

第三辑 古北口

《日下旧闻考》:“古北口路关砦一十八，东自卢家安砦，西抵蚕房谷砦，延袤九十五里。古北口下关砦九，卢家安砦、鸦鹘安砦、司马台砦、丫髻山砦、沙岭儿砦、砖垛子关、龙王谷关、师坡谷关、古北口关，俱洪武年建，边城五十五里，附墙台一座，空心敌台八十四座。潮河川下关砦八，潮河第一砦、第五砦、第六砦、潮河川关、第七砦、吊马谷砦、陡道谷砦、蚕房谷砦，俱洪武年建，边城九十二里，空心敌台二十七座。”

将军楼日军炸的洞

古北口城

古北口，通往北方的古道，用于军事的古关，加强防御的古城。

古时这里是驿道，设有驿站。元代自大都去开平，中统三年（1262）建立了通往上都的东路。之中设置6个驿站，古北口为其一。相隔一年又开辟了走居庸关的西路。《昌平山水记》载："昔元世祖以燕为大都，开平府为上都。岁四月迤北草青，驾幸上都避暑，八月草枯，则驾还大都，岁以为常。"西路要近100多里，皇帝"车驾多出西路居庸，而使臣之往来，则古北口亦并繇之"。

东路出古北口，也是供皇帝及使臣选择的道路。明初，东路上的驿站有所增加。至清代，古北口驿站很有规模，《畿辅通志》载："康熙三十九年置，现存马三十五匹，夫二十一名，扛轿夫九名，兽医一名，马牌子二名，铡草夫七名，接

远望古北口城

递皂隶三名”。这些人的工钱“共银二千七十七两，遇闰按月加增”，由“员外郎掌之”。看来，驿站由员外郎负责，算是总管了。

旧时古北口城基图上绘有都司署、巡检司、理事府等机构。明清两代是储粮重地，设有粮仓。光绪《密云县志》记：“明洪武十二年建。清康熙时，同知郑富民建。”同知、巡检等官员在此办公。如今这些已无遗址。

古北口古老，光绪《顺天府志》等志书有记，早在汉代，附近便有犷平县，并建有犷平城。其东北的口外还有厗奚县。县城废弃了上千年，已无址可考，却说明两千多年前这一带曾为人口交汇之地。处于关口要道，多有战事发生，至北齐修建起长城。明初，北方势力依然强大，洪武十一年（1378），在蟠龙山下建起城堡。

城墙筑于山顶之上，跨山建成，随山势起伏，蜿蜒曲折，呈不规则的多角形，古时地图画成六边形，明朝诗人唐顺之用诗比喻：“诸城皆在山之坳，此城冠山为鸟巢。到此令人思猛士，天高万里鸣弓绡。”鸟巢形的描写极为形象。光绪《密云县志》中记为“三角棱形”，可能贴近实际。

城池规模宏大，周长 4 里 310 步。步是明代长度单位，一步约等于 5 尺，这样算来，城墙近于 5 里长。城墙高 5 米，设东、南、北三门。城开三门，因城是

古北口大花楼

多边形，东、南二门不在正向，南门面向西南，东门面向东南。三个城门形成了三角形。城墙也特殊，陡峭处以山石垒成，平缓处以条石为基，青砖包砌，因山就势，砖石共用，便有了“内看无城，外看有城”的效果。城堡由明朝大将徐达策划建造，成为军事防御指挥中心，驻兵防守。《畿辅通志》中也把古北口城称为营城，并形容“雄踞山巅，至为险峻”，可见势之雄伟。

想见城之雄伟，可能要在城南，那里地势偏低，修起公路，切断城墙。站在路边，能看到两侧城墙在山上起伏，高矮不一，断断续续。想象中，这可能是古人观城的位置之一。当年城墙连成一体，立于山间，阻住山口，确实壮观。

古城南门高 3 丈，上建门楼，券门上有“古关”石匾。南侧有溪水流过，曾建水门。如今城门一侧还存有一段墙体。站在低处仰望，残墙直立，且建在山石上，更显得高大。南门外有碑亭，上书“长城抗战古北口战役纪念碑”，文字是 1997 年 7 月何鲁丽题写，以纪念 1933 年那场艰苦卓绝的抗击日寇的战役。现在的南门只是个路口，贴着山石拐入，可以进城。

古城东门亦无。此处有二郎庙，建在山脚下。自庙前望向山上，能看到残存一段很长的城墙。有水从这里穿城而过，如今量已很少。光绪《顺天府志》载:“穿古北口城东而南”，并注此水，“贯城者，红门川也”。红门川水汇入潮河。据当

南门外长城抗战古北口战役纪念碑亭

地人说，清代光绪年间发大水，冲下来大树乱草，堵住城门，而被冲垮。有幸的是，这里保存着水门洞。门很矮，不足 1 米高，青砖砌成，拱门完整，墙体残破，显出老旧。水门洞前搭起了平台，装上灯光照明，可以表演节目。旅游日旺，晚上搞个晚会，用水门洞作背景。古人的杰作，用为今人的创意。

距水门洞不远的街上，门匾上写着赵家大院。门内影壁特别，砖雕出“鸿禧”两个大字，极为醒目，抬头见喜，寓意吉祥。一座老式砖瓦四合院，门道内写着简介，此院原为白家老宅，已有 200 多年历史。南房五间，北房七间，东西厢房各三间，砖石垒砌。山区建筑，随山水安排建筑形制。院子南靠凤凰山，北伴流水，大门开在北面，坐南朝北，倚山面水，以得其势。有人说是清代四品文官之宅，如此格局，当年也是豪宅。

现在院主人赵明东，72 岁，在村里做过生产队长、教师，还当过学校校长。院子保持原来格局。西房按原样做了翻修。因建筑水平不一，还是与古时不同。窗下坎墙垒砌毛石，粗看一样。赵明东让比较着南房再看：古人垒砌，大小石块混搭在一起，图案看着舒服。遵嘱细看，逐渐明白，毛石本无规则，砌在一起，墙面要平整，间隙要合缝，构成图案，浑然天成，颇费心思。现在人干活怕麻烦，搬着省力，把大块的石头放在下面，小块的放在上面。以图案定石，还是以石定

古北口水关

图案，这可能是建造效果在质上的区别。材料相同，而味道不一。

问起古城。赵明东印象很深。北城门自小时候就是个豁口，门楼是这几年修的。地基没那么高，建门楼时，垫起有一人多高。杨令公祠是后建的，“文革”时破四旧，红卫兵推倒了神像，砖瓦也拆走去盖“五七”干校。当年二郎庙内有棵千年古柏，树身要三个人才能抱过来，有三个大杈，20 世纪六七十年代被伐掉了。这里称为河东，有府衙，大门前有两个石狮，一直放在村内，前些年让人偷走了，不禁惋惜。

一路向北上坡，见到了北城门，志书中称“亦曰北门坡，亦称营城”，上有门楼，更显高大。不知是否因称北门坡，所以在重建北城门时垫高了这条路。城门旁有长城碑，写着“古北口镇城”。2012 年修复了北门。城门外建有瓮城。从志书上看到：瓮城门开于东北侧，对着药王庙，毁于 1933 年侵华日军炮火。北城门亦毁。北侧立有顶门石，为旅游者尽可能多地提供实物。

对着北门的是一组寺庙群，包括关帝庙、药王庙、菩萨阁，统一建在高台上，俗称“两步三座庙”。药王庙面阔三间，进深二间，始建于明朝，祈福健康。关帝庙与药王庙并排而建，面积格局与药王庙相似，保佑城堡。观音菩萨庙在台阶上。台阶另一侧是龙王庙，以求风调雨顺。寺内有戏楼，还是当年旧物。当地人说，

修复的古北口城北门

当年慈禧曾在这里看戏。戏楼外有琉璃影壁，是否沾了皇家的光，当时的旧影壁用了琉璃建材。寺庙木牌上注释了简介：1966 年拆毁关帝庙、药王庙，只有关帝庙山门、戏楼幸免。每年四月二十八为药王庙香火日。

寺庙群虽为新建，而在药王庙门前廊下，新墁的砖地上夹有旧砖，这是在修建时特意保留下两处清代旧物。抬头能看到古时的城墙，就在山崖上。城墙上长满黄苔，极为少见。古代城墙，常年雨水风霜，多留下黑迹，而黄苔更显古意。仔细观看，墙面留下许多枪眼，那是日寇子弹的罪证。

瓮城外还有一座财神庙，建于清朝道光元年（1821）。里面供奉着比干、范蠡和关羽三尊财神爷。因"文革"时用作生产大队的仓库，财神庙得以保持原来样子，旧物极为难得，进行了修缮。

再向北有杨令公祠。杨业又名杨继业，北宋名将，而祠是辽圣宗耶律隆绪所建，让契丹将士以杨业为榜样，以缓和大宋将士对契丹的矛盾，团结大宋人民。宋代苏辙对此祠颇有感慨，诗句中有："驰驱本为中原用，尝享能令异域尊"，能让对手敬佩，这是许多英雄难以享受到的。祠在明代重建，光绪《顺天府志》记："杨令公祠，在古北口，祀宋杨业，辽时已有之。明洪武八年，徐达重建；成化十七年，镇守监丞许常、都指挥王荣重修，敕赐名威灵庙。"庙宇曾有敕赐。之后

戏楼与琉璃影壁

于清代还有过多次修建。民国时期，冯玉祥将军驻古北口，做过重修。1963 年也曾修过杨令公庙。“文革”初期捣毁塑像，拆毁山门及前后两殿。1993 年按原貌进行了复建。

自胡同一端望去，能看到杨令公祠。山门外墙上，书写着“威震边关”，东面墙上写着“气壮山河”，每字约高 1 米，极为醒目。祠院不大，精巧古朴庄重。两进院落，分前后两层大殿，灰筒瓦硬山顶，有左右厢房。前殿供奉杨令公及八个儿子，上悬匾额“真正无敌”，笔力刚健，出自冯玉祥将军之手。门柱上有两副对联，很有意思，一副是：“潘氏至今无葬地”“杨家自古有宗祠”；另一副是：“何须执笔书衷愤”“自有公平在世人”。后殿供奉畲太君及杨门女将。门柱上有一副对联：“尽忠报国杨家将士惊天地”“碧血丹心巾帼英雄扭乾坤”。现今每年旧历九月十四日，当地百姓在杨令公的生日，要举办三天庙会，有唱戏的、扭秧歌的，还有摆摊的，周围百里群众都来上香，十分热闹。

再向南是三眼井，井上有石板，打出三个孔，可见古时来这里打水的人之多。一口井能满足多人打水，智人想出了这样简单有效巧妙的办法。井旁边有老槐树，枝繁叶茂。这里也是人们聚集的地方，打水的间隔，还能乘凉聊天。遇上了结婚办喜事，院门上贴着喜字，门前搭上彩棚。街道的井盖上、电灯杆上等也贴着喜

杨令公祠

字，这已成为当地习俗。

明代这里即是重兵防守之地，军事级别不断提高，从“所”提升到“卫”，之后由参将统领。《昌平山水记》载：“古北口城……洪武十一年立守御千户所，三十年改密云后卫，领左右中前后五千户所，其后以参将一人守之。”明代万历四年刘效祖编撰的《四镇三关志》上，已记此地为“古北路”，路是军事防御单位。参将负责这一带的防守，“关寨一十八”提高级别，刘效祖作了解释：“蓟镇以古北口为要冲，盖二十九年虏入路也。”嘉靖二十九年（1550）这里受到了北方鞑靼的侵扰，损失惨重。将士衣甲不卸，枕戈待旦，不敢大意，“使斥堠望烽燧不得卧，将吏被介胄而睡者比比然也”。增兵防守，也是必然。

到了清代，来自北面的威胁减少，各处关口城堡的军事级别下降，人数不断减少，而古北口却有提高。《畿辅通志》记：“本朝顺治初，改为都司，康熙年设重镇。”《清史稿》“古北口关，副都统、巡司驻。”光绪《密云县志》记得更为翔实，清代在这里大量增兵，康熙三十二年（1693），在潮河西岸设立营盘，称柳林营，“总兵驻之”。总兵的级别在参将之上，如同军区司令，负责一个区域的防御。军事名称为镇，如同军区，所以又有别名，“亦曰潮河镇，或称古北镇”。

雍正元年（1723）又有变化，“裁总兵，置直隶通省，提督驻之”。设置直隶

古北口财神庙

通省，长官为提督，移驻此地，建造提督府，“提督署在古北口城西五里柳林营，雍正元年建”。光绪《顺天府志》，“直隶提都驻此”。

河西还有参将、游击、守备等众多官员府邸，如“中军参将署、中军守备署、左营游击署、左营中军守备署、右营游击署、右营中军守备署”等，河西成为古北口的政治、军事中心。

清代皇帝每年去承德避暑，必经古北口。康熙年间，修建了行宫。古北口有御道，已辟为游览去处。御道跨越潮河。如今河上建起大桥，连接河东河西。走进河西，大街东西走向，这应是当年柳林营了。河西没建城堡，而是利用自然地形，“依山设险”，“卧虎山据其北，潮河带其南”，天然的防御屏障，正可安营扎寨。营盘不大，东西长3里，南北仅半里，像条船，“东西横三里，南北纵仅半里，如簸船形，置东西凡二门”。两座营门称为东阁门、西阁门，俗称东栅子、西栅子。见到老照片记录的影像，上建门楼三楹，庑殿顶形式。东阁殿内供奉文魁星。西阁殿内供奉观音像，门券上有石额“柳林营”。

街上有所学校，绿树成荫，建筑为现代风格。门口有简介牌子，这就是当年的提督署。民国时在署内办学，新中国成立后改建为学校。之后按照教学需要，重新做了翻建，古建筑无存，只有府衙前两尊石狮存于学校内。石狮保护完好，

古北口民居影壁

连基座有一人多高，形态生动，威武雄壮。当地人俗称这里为大府衙门，而把河东那座府衙称为二府衙门。

街上路口立着大牌子，上书“中国百家姓村——河西村”，极为醒目。下面四个姓氏一句，列出有几十，如《百家姓》般。张玉山住在路口旁，曾经做过 20 多年村支部书记，68 岁。他讲村子的特点是姓氏极多，有 100 多个。村里驻扎着来自天南地北的士兵，战事渐无，留在村里，形成众多姓氏，有哈、关、那、金、马等，还有不常见到的桐、索、巴等，人数多的要数张、王、李、刘、赵等，人数少的还有菅姓、敖等。姓氏有地域特点，真是五湖四海，侧面说明当年河西的军事地位。

村内流传的一种独特语言，被称为“半拉子话”或叫“露八分”，一句话不说完，把想说的字故意空出来不说。比如问：您贵姓？回答：“步步”，或“老迈年”，就是不说“高”。再如想说“脸”，却说“四方大”或“死不要”，可褒可贬。用在特殊场合，幽默与风趣。这是少有的民间用语，包涵了智慧与文化素养。这种语言方式可能与不同地域人共居有关。此后由古北口流传开来，传入京城。老北京人以前也有过这种表述。

古北口在20世纪初，以潮河为界，行政上分出东西，初称古北口河西、河东，

古北口三眼井

20 世纪 60 年代后，简称河西村、河东村。现在两个村都已成为大村落，河西村下辖六个自然村，有 500 多户，上千口人，多民族聚居，有满族、蒙古族、回族、朝鲜族、苗族、裕固族等个民族，来自新疆、云南、四川、贵州、天津等 19 个省市。河西村现在还有 100 多位回民。

村里建有清真寺，始建年代不详。院内出土的石碑记载，该寺重修于明朝崇祯二年（1629）九月，既是重修，建寺时间还要早。现存的清真寺是清朝曾任古北口提督的马进良重修。因 20 世纪 60 年代为大队部办公而存留下来，格局完整。中间是正殿，坐西朝东，前出廊，廊里用木隔扇。与正殿相连的是一个双层木楼藏经阁楼，楼顶为一个宝葫芦样的瓷缸大顶，远看非常壮观。正殿南侧为三间讲经堂，北侧为阿訇居室和沐浴室三间。院内有石井，已然废弃，还能看到井里有水。村里原有众多寺庙。村外有著名的吕祖庙、七郎坟等古迹。

村里一条主街，古时曾为排洪的渠道，北面山上下来的洪水从这里排出，是季节性河流，以前这里有小桥，经常没水，称为干桥，后来逐渐成为街名。自此向南便是潮河。河边是庄稼地。在地里看到了用毛石垒砌的墙，约 1 米高，因耕地垫高，而显得低了。这是拦洪坝，村子在潮河北岸，当年为了防止潮河泛滥而建，有上千米长。墙上能看到柏木桩，相隔不到 1 米便有一个，保持大坝不下沉，

河西村原提督府门前石狮

平衡坚固。

能称为柳林营，自有缘故。此地红花朵朵，绿柳成行，景色很美。据当地老人记忆，旧时古木参天，一片葱茏，尤以柳树最为繁茂。清代著名文学家李调元有诗吟咏河西："边墙圈不住，一径出关门。山合疑无路，溪回别有村。露花红朵朵，烟柳绿根根。谁画峰峦好，远愁费墨痕。"古北口有校场，有点将台。若从现实回到古代，一片柳色之中，传出阵阵喊杀声浪，会切身感受到，清人在承德、木兰围场与京城之间要道上，驻下重兵，成为军事重镇，自有考量，利用关口、城堡、长城设施，担负起守御京城东北大门的重任。

河西村清真寺

古北瓮城

京城之北，崇山峻岭，其中多有古道。古人云：大道为关，小道为口。古北口位于京城东北，不像居庸、山海一样称关，虽为小道，战略地位尤为重要。自幽州始，直至成为都城，历经南京、中都、大都、北京，古道的作用日益突出，成为兵家必争之地。清代成书的《密云县志》上说："京师北控边塞，顺天所属以松亭、古北、居庸三关为总要，而古北为尤冲。"顺天即顺天府，指北京。

都城易主，古北口见证了几多朝代的更迭，迎来送往过多少皇帝，不好统计；发生过大小多少次战争，难以说清；蕴藏着多少故事，没人说完。数次经过古北口，从没驻足。随着了解的增多，笔者停下来探寻的欲望日益强烈。

走 101 国道，自密云城区向北 60 公里，长城在此被截断。路边存有一段残

古北口瓮城残墙临着 101 国道

墙，一侧有河北省立的万里长城碑和明代长城碑，一端是北京市立的古北口瓮城碑。国道与大河并行，潮河把山切成两半，分出卧虎、蟠龙。向西望去，跃过潮河，卧虎山上，长城连绵，敌楼相接。贴着河岸，有两座空心敌楼，上下错落，紧密相连，建筑独特，被形象地称为“姊妹楼”，为万里长城独有。此楼曾经先后毁坏，现今已经修复。向东则紧贴山崖，这是蟠龙山之尾。

站在宽敞的国道旁，通衢大道，想象不到过去的地形复杂，甚至是狭窄与险恶。找到资料，清代编修的《畿辅通志》说：“古北口关在密云县东北百二十里，两崖壁立，中有路，仅通一车，下有深涧，巨石磊砢，凡四十五里，为险绝之道。”小道两旁，山石如何“壁立”，巨石如何“磊砢”，还需仔细体会。宋代苏辙出使辽国，经过此地，深有感触，作有《古北口道中》诗：“乱山环合疑无路，小径萦回长傍溪。仿佛梦中寻蜀道，兴州东谷凤州西。”描写的便是当时景象。

明朝初年在此建起关口。《四镇三关志》记：“古北口关，洪武年建，通大川，平漫，通众骑，冲。”关口门外，再建瓮城，长宽各有几十米，依山据山势，形状不很规则。别看面积不大，冷兵器时代，却极具军事意义，攻入关门，须付出极大代价，困在瓮城还会被围歼。关口重要，几个朝代都极为重视，金代曾在这里筑城，并把城门包上了铁皮，更为结实，于是有了别称“铁门关”。《昌平山水记》

姊妹楼

中有描写："川之两傍筑垣立台，东台下有铁门关，为出入道，常扃钥不开。" 门上有锁，平时紧闭不开。这里是游牧与农耕文化的分界，往来无多。

古时在潮河两岸，城墙上各建敌台。查看过旧时图片，比照着望向东侧崖顶，上有一小土堆，很不起眼，那就是东台，当年建得高大，因南面有五个箭窗，俗称大五眼楼。城墙自山上陡然直下，雉堞也呈大角度接续下来，连接起瓮城。国道旁的这段城墙便是瓮城南墙，为东西向，由青砖垒砌，内里包着旧时的砖墙。断开处以前应有门，是瓮城的南门。据文物专家王长青记忆：瓮城是在 20 世纪六七十年代建造房屋而被拆毁。他生长于此，研究长城多年，62 岁，见过旧时城墙。现今瓮城内里一片空地，堆放着沙石，也可以停车。

河北一侧应是瓮城西墙，为南北向，毛石垒砌，向东弯去，有几十米长，两米多高。向北应是瓮城的西门，两座城门都很窄小，现在已是宽敞路口，进去便是河北省的关门村。街道两旁是民居，还开有饭馆。向北上了山坡，在民居房后，还有城墙，延伸得很远，这是长城的支墙，城砖古旧，内里为夯土。遇到村民介绍说，这里过去是关口，有三个名字：关门、水门、水门洞。这些口口相传的名称，说明了过去的状况，不仅是关口，临着大河，还建有水门。后来得到证实，水关在清代时便被冲毁。

古北口残城墙

这里两山夹持，极为险峻，筑起城墙，自山上修下来，连接起潮河上的水关，再建起瓮城，城门即使不包铁皮，依然防御牢固，水泄不通。当年站在东台上，可以俯瞰全城，观察关外。如若时光能倒流，会看到太多的故事。遥想当年，这里是抚慰奖赏北方民族的地方。总督等众多官员站在高处，北方民族的代表鱼贯而入，在城下接受赏赐。此时，军士排列在两山上，击鼓吹号，震天价响，以示声威。多么宏大的交接场面，拍成电影也很有气势。志书中的记述难免带有倾向。其实，大明王朝每年都要赠送各种生活用品及物资，换取与北方民族的和睦。

明朝中后期，军力渐弱，无力出击，转为防御，在这里筑起长城，“台之东西因山为城，参差曲折，千里不绝”。名将戚继光在修复古北口长城时，不仅保留了北齐长城，还在长城墙外加砌了城砖。山口要冲处，建起空心敌台，高或三四丈，广或十四五丈，紧要处间距小，缓和处间距离大。所以现在看敌台间距，便能知当年军情的紧要程度。兵力上做了部署：每个敌台设百总一人，主要负责杀敌战斗，设台头副二人，主管武器辎重后勤保障。五个敌台设一把总，十个敌台设一千总，指挥战斗。古人也考虑了通讯联系的重要：相隔一二里，铃柝之声能够听清楚为一墩，每墩由五个士兵负责瞭望。每路设传烽官一人，有敌情便燃起烽火狼烟，左右分传，速度飞快，瞬时数百里皆能看见，及时做好战斗准备。这

古北口长城

些军事防御谋略，可谓面面俱到，无懈可击。

古北口名称几度变化，古时长城之外为奚族聚居区，曾称“奚关”，唐代称“北口”，“虎北口”于山西也有同名，后来称过“留斡岭”，再后渐称古北口。古北口经历了太多的战争，自古不断。北齐开始在这里修筑长城。唐朝在此设有古北守捉，屯兵驻守。《日下旧闻考》：“唐书：檀州燕乐县有东军、古北二守捉。北口，长城口也。”古北即指古北口，守捉是设兵戍守的军事名称。唐时的北京称幽州。唐庄宗夺取幽州，派遣刘光浚攻克古北口。辽太祖夺取山南，也是先攻下古北口。金朝灭辽，大破辽兵于古北口，大败宋兵也在古北口。元文宗时皇位争夺，几次屯兵战斗于古北口。明朝大将徐达攻入京城，元顺帝深夜打开健德门，向北逃去，太子也率领侍卫兵出光熙门，向东“走古北口，趋兴松”而去。至明代，北方民族多次侵入古北口，最为突出的一次是在嘉靖二十九年(1550)，蒙古鞑靼俺答部突入古北口，长驱南下，兵临京城，使得“京师大震”，之后向昌平的明陵，东循潮河川，再由古北口出。一入一出，皆择此地。

古代战事繁多，时间的久远，已经不可能看到遗迹，却可以勘查现代战争的残存。自蟠龙山之尾，沿着长城向东，将军楼并不遥远，有小道可以登上。长城已经残破，墙体多处坍塌至山顶，没有维修，依然是旧时的样子。这样也好，可

蟠龙山长城上的弹孔

以寻找过去的痕迹。

思绪回到了 1933 年，古北口响起了华北抗日战争的枪声。日军由东北侵入热河，进一步向南侵犯古北口等长城关口。中国军队先后有 4 个师参加抗战，前后历时两个多月，经过激烈的战斗，被迫撤出古北口，史称古北口抗战，被日方称之为“激战中的激战”。有统计，毙伤日军 5000 多人，中国守军伤亡 8000 多人。古北口抗战虽然以失败告终，而作为长城抗战的主战场之一，有力地打击了日本侵略者，阻挡了日军直下北平的道路，保卫了平津，意义重大。

眼前的城墙，成片坏损，这是被炮火轰毁的；再到砖上细寻，找到了一个个小圆洞，这是机枪留下的弹孔，如此密集，便知战斗的激烈。在山上荒草中细寻是否挂有衣片，那是十七军第二十五师师长关麟征冲锋在前，被手雷炸伤留下的；在黄土上查看是否留有血迹，那是一四五团团长王润波牺牲染过的。中国守军高级将领身先士卒，战至如此，甚至死亡，可以想到战斗的惨烈程度……

将军楼呈正方形，分上下两层，楼南北各开有 4 个箭窗，东西各开 3 个箭窗，在西门口墙上，有文字砖，上写“万历五年墙子路营造”，这是当年建楼时间和制作的标记。进到楼内细寻，在北面墙上，发现一块砖上有字：“步兵十七连队占领”。当地人说，这是日军刻的。汉字写得生硬，在横竖的笔画中，读出了狰狞的

日军刻字砖 步兵十七连队占领

狂笑。中国的长城，记录了侵略者的得意，也记下了侵略的历史，涂抹不去。二层房顶有个很大的圆洞，为炮弹炸毁。有砖梯可以登上敌楼，箭窗多有损坏。从上面再看这个大洞，正在敌楼顶部中间，有资料说这属于飞机投弹轰炸。心中不禁在想，那时没有精确制导，只有飞得很低，才能炸得这样准确，若真如此，可见当时日本鬼子有多么猖狂。中国军队武器之差，装备对比之悬殊，是在用血肉之躯筑起另一道长城，殊死抗战。

站在将军楼顶，四面远眺，群山一览无余，沿着山脉，向西可以看到对面的卧虎山，古北口城也在山下。向东可以看到二十四眼楼，是蟠龙山长城最东面的一座敌楼，处于制高点，又建得高大，分上下三层，顶层周围是垛口，共有 24 个箭窗，俗称二十四眼楼。据说当年戚继光曾经在那里办公。而眼前的二十四眼楼，残缺不全，只剩一面墙体挺立在城墙上，清代大地震曾有坍塌，这次抗战又被日军炸毁。炮弹只能炸坏墙体，却炸不断时间与空间。戚继光曾被誉为抗倭名将，在天有灵，定然挺枪立马，横扫千军，相隔几百年，能与关麟征师长神会于此，共同抗击倭寇，留下了英名。

将军楼上被日军炸出的大洞

上营城堡

过去古北口驻有重兵，营房在城内。城墙“下有小城，曰北关营，二门”。古人云：屯军曰营。由瓮城向南 1 里有营城，紧守关口。此城堡长约 170 米，宽约 150 米，形成矩形。现在南门已无，一侧仅存白灰勾缝的残砖。旁边有文物保护石碑。西门保留的要多些，墙约有 3 米多高，白灰砖缝，十分整齐。东墙也有残存。城里有多条胡同，对着西门的称为主街，对着南门的称为十字街。村民不仅住在古城里，城外也有，也分出街道。城外是南门街，两边盖满了房舍。

南门正对着是玉皇阁。玉皇阁一般是城堡的最高建筑，此城较小，没单独建阁，建在北城墙上，要登 20 多层台阶，依然是全城的制高点，可以看到北面的山势与长城。砖阶古旧，磨损出的凹坑显示出年代久远。玉皇阁三楹，新近做了维

上营城玉皇庙

修，门窗梁柱油饰一新。当地人说，城内还有小老爹庙，已经拆毁，因玉皇阁地势较高，曾为置放物品的仓库，“文革”时又是村里人会集的地点，得以保存。东西两侧还有比较完整的北城墙，约有几十米长，毛石垒砌，与玉皇阁月台等高。

城内城外存有不少老房子。这应该是很早的时候，居民住到城外，或者说围绕着营城，周围住满了居民，兵民分开。古时的北关营，现在称为上营。古北口村太大，成立了三个居委会，上营为之一，因在村北，称北头居委会，有如城镇的建制。

在南门城外，有一处房子地基，石块垒起几十厘米高，面积有几十平方米，内里种着植物，既不拆除，也不盖房。原来这里曾是日本鬼子的营房。古北口抗战后，这里一直被日军占领，直至 1945 年日本投降。多年来一直没做他用，现在石块砌得整齐，应是有意保护，让实物记住那段日军侵略的历史。

上营日军驻地营房地基

唐家寨堡

望京楼下有司马台，唐家寨城堡距望京楼更近。

自松曹路北拐，进了村级公路，穿行山间，崎岖，上坡，路窄，甚至疑惑，大山深处会有村子。路到尽头，已至山脚，民居散落。

深山多桃花梨花，唐家寨村如是，房屋旁、山坡上，梨树遍布，枝枝丫丫，足有一二百株。梨树品种不少，多是酸梨树，果实不大，味道酸甜。还有沙果梨树，生长缓慢，粗壮的要两人才能抱过来，少说也有 200 多年。村里人说，小时看就这么大，几十年了也没看出长粗。

过去秋季，京城街上果摊多卖酸梨，只是品相不好，卖不上价，人们习惯称“烂酸梨”，既有成熟后变软，也有便宜之意。现在这里可不同了，树上挂着警示

望京楼与仙女楼更真切

牌，“碰掉梨罚款一百元”，身价金贵。虽是冬季，树叶落尽，而地上路边还有遗漏，无人去碰。现在超市里很难见到酸梨。而这里满树秋实，不仅是景观，还悬挂着回忆。

回归自然，山村味道。

村里也有现代水泥建筑，盖起新房，可供餐馆住宿。近年人们关注长城，开发旅游，这样偏僻的小山村才有特色。抬头看，北面大山高耸，长城蜿蜒，望京楼已在头顶，看得真切，位置西北，仙女楼相伴于侧。这比在司马台看望京楼要真切得多，那里要望向东北。村里有小路可以上山，五六里远，约一个半小时就能爬到山顶。这是当年古道，骑兵行走困难。近代人也是牵着驴马翻山。现在由于司马台被拦截，许多驴友从这里攀登长城，观看望京楼。

路边立有长城碑牌——唐家寨城堡，不见城墙。正在疑惑，一位老人扛着锤子出门干活。听说要看城墙，放下锤子，主动介绍。他叫李怀明，1942 年生人，70 多年了，对村里的旧事记忆犹新。他说：城墙在新中国成立前就拆得只剩基座了，城堡只一座南城门。城门大约有五尺宽，一人多高，新中国成立后又逐渐拆没了。

南墙已无。走向西侧，他指着路边几层大石头说，这是西城墙。再折向北，

唐家寨城堡旁是进山的小路

在一户人家屋后，残存着一段北城墙，一两米高，四五米长，大块毛石垒砌。北墙北面有一高地。当年上面建有楼台，很早就拆除，李怀明只见过基座，宽窄有一丈多见方，用于瞭望，村民称为炮楼。现在上面建成储水罐。东面城墙已为通道。城东城西各有一条山间小溪，冬季干涸。站在河道下能看到东墙地基，约存五层石，一米多高，二三十米长。围着城堡走了一周，城堡也是依据这里的地势而建，为长方形，估算起来，约有一百二三十米长，七八十米宽。

当年建城堡，主要不是屯兵，而是圈人，避免修长城的劳工跑掉。村子附近有四五个砖窑。取土烧砖。村里人挖地窖时就发现过砖窑，有许多半头碎砖。当年修筑长城，这里距山顶最近，有山口小路。平时修筑长城，搬运建材便利，战时守住路口，作用重要。

李怀明记得：李家是从山西大槐树下迁到新城子，当时有两户，李普青家和史文忠家。家谱上写着明初洪武年间九月迁来，有二十代了。每户盖三间房，先给一个月口粮，还有碾子、磨、毛驴等生产工具，即可点火做饭，再提供三年口粮，以便开荒种地。后来“怀”字辈的祖上从新城子迁到唐家寨村。每年给朝廷交税，5 升小米。按老人说已经五代了，算起来有一百多年，正是清代晚期。村里大姓有李史郑王。王家来的可能要早些。唐家只有一户。后来李家来了，是大

山村民居

户，就把唐家请走了。史家是新中国成立后迁来的。

村里房屋遭过洗劫。日军曾来到村里，为防八路军，把房子都烧了。现在老房是新中国成立以后盖的，样子还是传统建筑结构。城南门内曾有棵大槐树，要两三个人抱过来。1980 年前后伐倒了。城外有九神庙，是道教，不多见。有人写过故事，据说与九仙神女有关，还与战争有关。城外北面有一口井，古时多在那里打水。城外西南还有一口。现在每家都有自打井。井水矿物质多，口感不错。村里有 80 多口人，常住 40 多口人。城堡里住的人家少，大多数住在城堡外。

村子是自然村，属巴各庄村管辖。巴各庄是大村，下辖七个自然村：巴各庄、搭梁地、唐家寨、后峪子、后庄子、良西、下窝铺。村子之间相距不远。巴各庄现在属新城子镇，过去军事上属古北口管辖。明代以将军台即今的小口村为军事分界，东边属曹家路，西边属古北口。巴各庄村距司马台很近，小路只有三四里。当年司马台戏楼唱戏，巴各庄能够听到。

村子为何称唐家寨？明代成书的《四镇三关志》上有记，司马台东面有两座城堡："鸦鹘安砦，洪武年建，通步，缓。卢家安砦，洪武年建，通步，缓。"这是从西向东排列。光绪《顺天府志》则从东向西记起，有卢家安砦和鸦鹘安砦，且引《三镇边务总要》：鸦鹘安山也是山口重地，距司马台四里。

唐家寨村 200 多年的沙果梨树

按志书记载，这一带应有两座城堡。再问李怀明。老人回答：唐家寨村西二三里路是后庄子村。村北有山沟叫史家沟，也是进山小路，可以去望京楼长城。沟里贴近山脚处有一小城堡，七八米宽，十多米长，很早就拆没了，叫破城子或坡城子，现已淡出人们视线，也无长城碑牌。

光绪《顺天府志》在屯镇中说："旧有鸦鹘安，卢家安。碣石丛谈云，密云县有鸦鹘安、卢家安。"并引用《说文解字》：安止也。而当地人解释"安"字为高平处。两个村子在成书时已"无此二屯"。堡寨作用消失后，居民逐渐散去，此地曾有一段时间空旷。之后才来了人家居住，与老人的记忆相符。

于是笔者推测：后庄子村处于唐家寨村与司马台之间，符合志书记述，应属于古北口路一十八座关塞之一。卢家安砦在东，鸦鹘安砦在西。按照位置，唐家寨应是古时的卢家安砦。如老人所言，村名因有一户唐姓而得名，或因繁体"盧"与"唐"字形相近，导致书写有变。村名不去细考，两座城堡尚存于古人记述与老人的记忆之中。

门前房后

司马台城

相识司马台始于照片，陡壁绝巘之上，危楼高悬，惊险刺激，漫说城墙砖阶破损，即使完整，直立而上，攀爬也是艰难。它是山脊多座敌楼之一，位置最高，站在楼台，西南可望京城。众多影友争相拍摄望京楼，以致成为司马台长城的代名词。

司马台本指山脚下的城堡，把守这一带的关口。明代万历四年编写的《四镇三关志》记载，“司马台营城堡一座，洪武年建”，即明初建造。如今城堡旁开发出古北水镇，引起世人关注，停车场边，车水马龙喧闹，覆盖了这片沉寂。

古城残破，城墙已很矮，地面增高，远处很难发现。古城失去了往日的雄风，岁月过往，留下沧桑，所幸残垣尚存。南城墙断续不整，内里毛石，偶能见到外

维修过的司马台南门

包灰砖，墙体坚固，可见当年花费不菲。看到一片砖墙保持原样，约有两三米高，二十几米长。砖墙一顺一丁，风化严重，大部分坑凹进去，之间的白灰极为结实，坚守在外，似为打出线格的稿纸，书写着过去的历史，记录着往日的辉煌。

城堡南门还在，门券是旧物。近些年重修了城门，形状恢复原样，看得出当年的高大，青砖垒砌，与残砖形成对比，显出新意。城门有锁，无法进入，便寻它路。城墙西南角所剩无多，有踩踏的印迹，便走了上去，跳进城内。

西墙内侧，毛石巨大，多近千斤重，排放有序，墙面平整，一直伸向城的北端，虽比当年矮了许多，还是感到震撼，赞叹古人的智慧与力量。内里经过整体改造。西半侧从南到北盖着大棚，四面有墙，没安门窗，没铺地面，很像停车场，并没启用。东半侧则为民居，经过修复，整齐美观了许多，有些门楼或房舍似乎还保存着原样，修旧如旧已为文物保护共识。城内无人居住，多是空房，供人们游览。村民搬到了城外新居，住上了楼房。城中便有了改造的空间。为游客增加情趣，建了点将台，前为空地，意为习武练兵之地，其实古时演武场多在城外，哪能在城中跺脚喊杀。不过站在这里，可以看到北面山脊上的长城及座座敌楼，体会出古人在此建城驻兵的意义，最先发现敌情，即时备战。

北城门存有门券，也依照原样修复，城门外立着长城保护石碑。正对北门有

司马台南城墙

座影壁，城砖垒砌，工艺并不精致，新中国成立前就在，不知建于何年，历经多少风雨，上面长起荒草，有了古意。两座城门并不正对，而是错开约三四十米，南门偏向东墙，这是古人讲的风水。现代村民也沿袭旧时习俗，丧事走北门，喜事走南门。

两座城门，与古人所记相同。明末清初的《昌平山水记》载："自潮河川而东二十里为司马台。有城，二门，提调一人守之。"有资料显示，司马台营城为方形，东西长 152 米，南北宽 137 米。城墙基厚 5.6 米至 5.4 米，上有垛口。城门高 5 米。如今城堡四周有墙，三四米高不等，低处 1 米左右，外包青砖多已不在。"文革"前后，村里盖房围墙垒猪圈，城墙逐渐拆成现状。

出城遇见了村里老人王得义，62 岁，本村人，很健谈。忆起古城，滔滔不绝。这里群山纵横，九条山脉相汇于此，称为九龙口，风水汇聚。城堡定在此地，必经严格考察。选址有河水穿过，称小汤河。建城时做了改造，把河水上游的山梁开了个豁子，让河水改道，分出两边，绕城而过。

城里古迹很多，有衙门府，府门前曾有两尊石狮，应是提调在此地办公。衙门府在城的西北，从北门进来向西，便是后花园。前面有一片空地，多年来无人盖房居住，老百姓认为，是官府升堂断案，拍惊堂木、打板子地方，在这里睡，

司马台北门

不安稳，会惊醒。

城外有寺庙，多在西侧。有马神庙；有九神庙，坐西朝东；规模大的是老爷庙，坐北朝南，大殿内有壁画，曾经做过大队部，办过小学。过去门前有两株柏树，七八十厘米粗。突出的是庙中间那株柏树，高大直立挺拔，直径约有 1.2 米，需三人围抱。老爷庙对面是大戏楼，坐南朝北，面阔三间，歇山顶，灰筒瓦，建得漂亮。戏楼又是庙的门楼，由此入庙，里面能容两三千人看戏。戏楼后面有道山砬子，称回音壁，能回音。这里唱戏，声音可折射到对面山梁上的巴各庄村。古人建筑有讲究，利用山谷拢音，声波折射，让声音传得更远。城内外古迹均已不在。戏楼也在“文革”时拆掉了。

司马台有“东塔、西寺、南楼、北真武”之说。城外东边为罗家祠堂的灵塔；南面山上建有敌楼；北面山上为真武庙；西边多寺庙，还有当地人称的大寺。西边是西关，也称下街子，也有集市，为交易之地。以前百姓不能住城里，多居住在城西。百姓住进城里，是城堡失去战争作用后的事，逐渐成为村落。司马台村是个行政村，管辖 7 个自然村，仅就本村而言，约有 100 多户，近 400 口人。司马台以吕、徐、张、王等姓氏人口为多，曾有“吕半城、徐半街、上河有个罗大爷”之说，罗姓不知何因不在了。

司马台城内

村名由来，说法很多。一说唐初名将罗艺被斩，葬于此地。他手下的王司马甘愿为罗家世代守墓。罗家深受感动，把所属土地归王司马所用。王司马死后，其子孙与罗家后裔商量，将此地起名为“司马台”。二说隆庆五年（1571）戚继光任蓟州总兵后，从古北口到后川口视察，司马化日向戚总兵建议，用自己的军饷，发动当地百姓修筑长城。五年后，戚继光再次到后川口，说道：“你司马大将战功卓著，又修了长城和城堡，我看就用你的姓叫‘司马台’吧。”三说宋朝潘仁美挂帅。帐下一名校尉叫黄龙，抢来一对双胞胎姊妹送给潘仁美。少女的父母苦苦哀求，无济于事。百姓憎恨黄龙，于寨外的山口设下陷阱。黄龙连人带马跌入坑中，马腿折断而死，故称“死马台”，叫白了就称为“司马台”。说法还有其他，离不开官职、姓氏、谐音三种。

山巅那座望京楼也有神话故事。传说当年修筑时，运送条石死伤许多人，仍运不上去。此事感动了玉皇大帝，派二郎神下凡。当夜，二郎神来到老虎山下，见到堆放在那里的条石，将神戟一晃，变成赶山鞭。一块块条石，变成一只只大山羊，直奔山顶，不多也不少，正好够用。此时，一个士兵出帐小解，见二郎神赶羊，吓得惊叫一声，回头便跑。二郎神大吃一惊，腾身上天，慌忙中不慎将几十块条石踢下山去，落在东面的山坳里。望京楼的条石缺了几十块。至今登望京

司马台村门楼上的旧砖精致

楼时，会看到楼底十二层奠基条石中有五层是用碎石块垒砌的。山下堆放着几十块条石，当地人称此山坳为“条石坳”。

传说无可考证，却能反映出这里文化底蕴的深厚。此地多有砖窑，说明这里修筑城墙城堡，用砖量极大。至今还保存着旧砖窑遗址。人员往来，士兵、民工、商旅汇聚，文化积淀自然丰富。

沙岭沟寨

王得义指着西北面山上说：看到山上四棵柏树吧，那就是娘娘庙。寺庙已无，柏树犹存。山脚下的沙岭沟村，原是个小城堡，相距五六里。那里人丁不旺，是自然村，仅有六七户，二三十口人居住。2010 年改造搬迁时只剩两户人家，在那里圈羊。城堡建在山坡上，方向并不规整，东北西三面墙仅几十米长，坡下最长的南墙也只近百米。城堡下便是两山之间的关口。现在城堡里人物皆无，一片空旷，树木丛中，隐约看到 1 米多高的残墙。光绪《顺天府志》《日下旧闻考》等志书中果有记载，称为“沙岭”“沙岭砦”“沙岭儿砦”。京承高速从村边高架而去，远处能看到金山岭长城的五眼楼。

山上娘娘庙山下沙峪沟堡寨

砖垛子寨

王得义说：西北方向，相距八九里，还有个小城堡，隐在山坳里，把守住山口。这是砖垛子寨，也是个自然村，十几户，四五十口人，20 世纪 90 年代中后期，村里人便搬走了。这里有北齐时期的长城，再向北是明代金山岭长城。朝代不同，而防务意识相合。城堡并非正向，而是随山建造。城堡利用了北齐城墙，约略算作北墙。城墙很早拆除，三面墙约有 100 多米，短墙仅有几十米。从远处看，残城像个三角形或是梯形，树林丛中，能看到 1 米多高的残墙。光绪《密云县志》称为“砖垛子口，通步”。《四镇三关志》称为“砖垛子关”，“俱外通大川，各墩空，俱通骑，极冲”，这一带多是这种地形。志书虽没记有堡寨，在这险要之地，明朝人不会疏忽放弃。城外有个小水库，无名，称为砖垛子长坝，间接显示出这里的地形，群山环抱，一面有口，才适合建水库。

这一带关寨众多，《日下旧闻考》载：“古北口下关砦九，卢家安砦，鸦鹘安砦，司马台砦，丫髻山砦，沙岭儿砦，砖垛子关，龙王谷关，师坡谷关，古北口关。”九座关寨都在明初洪武年建。长城上还有 80 多座敌楼，构成了严密的防守。王得义说，司马台水库边上就有小城堡，东北方向，相距约 3 里，发现过寨子遗

沙峪沟远处是明长城金山岭

址，有城墙地基，据文物部门考证，南北长约 75 米，东西长约 60 米，毛石垒砌。1984 年，残墙还有 1 米多高，现在遗址无存。有人认为可能是司马台寨。《四镇三关志》载有：“司马台寨，洪武年建，本隘口窄，通单骑，冲。”有的地方也有把小寨改造为营城。关寨多也证明了这里地形复杂，军事地位重要。

望着山上座座相连的敌楼，密集程度，便能感觉到当年军情的紧要。司马台营城在周边关寨中最大，级别最高，提调驻扎城里。而到了清代，边关作用下降，清代《畿辅通志》上记，“司马台营城……有把总戍守”，由提调改为把总，军事级别下降，兵马削减，边关作用弱化，直到最后消失。而古人留下的灿烂文物文化，时至今日还发挥着它的作用，会经营的人利用丰厚资源，建造了新的旅游景点。普通的摄影发烧友，甚至是驴友也独钟此地，风景优美，长城险峻，望京楼、仙女楼相望，流传着美丽的传说故事，即使冒险也乐此不疲。

砖垛子堡寨三角形或梯形

潮河关堡

潮河源自河北丰宁，似把利剑，劈开两山，涌入古北口，途中有小汤河、安达木河等支流汇入，势力壮大，奔向西南，又与白河相汇，合称潮白河，成为京城北面的重要水系，一路南下，别密云，过顺义，涉通州，至天津，入渤海。

潮河古称“鲍丘水”，每到汛期，洪水咆哮，声响如潮，故得今名。潮河流域狭长，人们形象地称为潮河川；潮河清澈，滋润着大地，养育着两岸民众；潮河怒吼也有烦恼，有灾害，有苦难，有战争。一条大河，蕴藏了无尽的故事。

河水两侧，山势颇有形状，左蟠龙，右卧虎，形成关口，历来兵家必争。防御者费尽心思，山顶筑起长城，水上也有戒备，设计出水关。潮河散漫，入关后，宽窄不一，或宽百余丈，或窄二三丈；潮河无定，随季节而变，“水涨成巨浸，水

北望潮河卧虎山

退则坦然平陆”。值此之时，北方骑兵可纵马长驱直入。防御者又想出办法，在水中放入巨树乱石，作用如同城墙的“水关”，阻止兵马通行。

潮河川非常险要，是进入京城的通道。《四镇三关志》载：“潮河川关，洪武年建，通大川，平漫，通众骑，极冲。”水上建造的那些防御设施，还不能保证牢靠。明初洪武年间，沿河两岸建立一些小石城，城内各筑一墩，共有六七座之多，驻兵防守。同时又于重要部位先后筑起城堡，“潮河川旧营城堡一座，洪武年建。潮河川新营城堡一座，弘治十八年建”，可进驻更多的士兵，存储更多的武器装备，所以称为营城。如今城堡有遗址尚存。

潮河东侧有潮河关城堡，现在为潮关村，有 160 多户，400 多口人。河水在此处拐了巨大的弯儿，像条舞动的绸带，由东向西再折回东，潮关村就在之中，南北西三面被潮河环绕，只有东边是个高耸的山梁，村里人称为东梁，与陆地相接，状如半岛。西面河上建起大桥，由西向东来到村边。站在村口观望，南北两边是耕地，北面有卧虎山，形状颇似两只老虎，相对而卧。山脊上，长城蜿蜒，敌楼相接，感觉出当年军情的紧要。大桥东侧就是城堡。墙下立着长城碑牌，潮河关城堡，旁边有碑文简介，也称潮河川营城，建于明洪武年间。

城墙由大块毛石垒成，白灰勾缝，墙面平整，约有 4 米多高，155 米长，保

潮河关城堡城墙

存完好，这是城堡的西墙。北墙残缺，西北角外墙拆成坡状，可以登上城墙。墙上有几米宽，垫上土，种蔬菜，充分利用平地。向东大约 50 米处拆出个豁口，这是 20 世纪 70 年代前后，为村里人出入方便而开。从豁口进村，遇到了曹永宽，54 岁，做了 10 年的村长，对村里的往事十分熟悉。他说，城堡大体为方形，南北略长一点儿。城堡只开一南门。东城墙在山坡上，于树丛中能看到一些残迹。南城墙已经无存，房舍把城里城外连成一片。北城墙是北齐时期长城的一部分，也是古北口较早的关塞。明初对城堡重新修缮，加高加厚，成为防御核心。

城堡具备一定规模，有三条大街，分为中街、东街、西街，南北纵向，应该是顺行通往南门。现在城里房屋相连，街道纵横，如腾达胡同、潮关大街等，中心街二条还有些古街名的影子。曹永宽说，20 世纪 70 年代修护村坝，拆去了南城墙的石块。之后在七八十年代，村里人盖房，拆掉了东城墙。别看在山上，石头顺坡一推，滚落而下，搬运反而省力。城内存有一些老房子，却已无多。所幸瘟神庙还比较完整。

瘟神庙建于明代，位于城堡西北角，正好利用城墙作为寺庙两面院墙。寺庙坐北朝南。新砌了东墙，门上有锁，由专人保管。南面有一座戏楼，坐南朝北，很有气魄。当年城里人看戏在寺庙内，也是娱乐聚会的场地。戏楼为砖木结构，

瘟神庙内戏楼

正房前接木架卷棚，房顶相连，专业描述为：抬梁式大木架，顶部为勾连搭式建筑。天沟南为调大脊、硬山顶，北为过陇脊、悬山顶。灰筒板瓦阴阳相扣。戏楼内梁柱上画满彩绘。戏楼阔大宽敞，可演大戏。

庙内有正殿三楹，硬山顶，供奉真武大帝。旁有耳房一间，供奉菩萨。西配殿两间，供奉瘟神。“文革”期间，神像都被推倒了，现在殿内一空。曹永宽说：当年有两座山门，开在南面，戏楼两侧。原来还有东配殿，“文革”时拆掉了。东配殿已无，修复时东墙便接着戏楼的山墙延伸过来。寺庙面积比当年缩小了。山门既无，便开在东墙上。门额上写着“瘟神庙”，是修复时制作的。

这样的寺庙应该很有规模了，经 1995 年修复，门窗一新。正殿廊子两侧山墙上，绘画古旧，让人觉出墙体未动，修旧如旧。殿内梁柱年久黑旧，绘画图案也不易分辨。东、西两面墙上绘着故事画。北面墙上，左右两边是人物画，六尊一排，各有三排，人物众多，栩栩如生。故事画色迹发黄，显得古旧；人物画色彩鲜亮，绘制年代可能有所不同。本地专家王长青讲，壁画作于明代，清朝做过修复。壁画竟然都是原作，现代没做修补，经年日久，色彩不褪，鲜艳亮丽，令人称奇。

壁画中还有神奇。众多人物中，有一幅长着四只眼睛的画像，引人注目，上

瘟神庙正殿

下两副眼睛，这一造型在北方极为少见。仔细观看，会觉得眼花，产生晕眩感，令人不能久视。绘画水平高，并利用了视觉误差原理，才能产生如此效果。此神称为四目神，是光明的化身，能驱除疾病，寓意吉祥，保护人间安全。所以民间关于四目神的传说有很多。

寺庙做过大队的仓库，存储物品粮食。正殿当过学校教室，西面墙上涂有大块黑色，曾经做过黑板。北墙中心曾经开过窗户，现在堵上，抹着白灰。三面墙下半部可能是常年摩擦，彩绘已经发白。据村里老人说，真武和瘟神爷是五月初五出家，为纪念他们，早年间每年端午要唱三天戏，三里五村的人前来赶庙会，非常热闹，后来逐渐少了，“文革”以后就不唱了。

北方村落，寺庙很多，名称各异，却少有瘟神庙。瘟神又称五瘟使者，是中国古代民间传说的司瘟疫之神，是散播瘟疫的恶神，常比喻作恶多端，危害百姓的坏人。清末小说《二十年目睹之怪现状》中有：那卖汤圆的接着又咕哝道，“出来还没做着二百钱的生意，却碰了这几个瘟神，去了二十多个圆子，汤瓢也打断了一个”！熟悉瘟神与南方血吸虫的彻底消灭有关。毛泽东为此写下了七律两首《送瘟神》，其中“牛郎欲问瘟神事，一样悲欢逐逝波”，“借问瘟君欲何往，纸船明烛照天烧”，至今记忆犹新。

瘟神庙内壁画中有四目神

曹永宽说：这里地形特殊，潮河经常泛滥成灾，从上游漂来人畜尸首，在潮河这个巨大拐弯儿处，围着村子停留下来，夏秋之季，发烂腐败，气味难当，引发瘟疫，所以才要供奉瘟神，以消灾免难。史志中多有潮河水灾的记载。金代就有，《日下旧闻考》中援引《金史·五行志》：金宣宗时的“贞佑二年六月，潮河、白河溢，漂古北口、铁裹门关至老王谷”。明清时也有记录，明代成化六年（1470），清光绪十六年（1890）以及 1939 年，潮河均发生过特大水灾，“平地水高二三丈，冲倒城垣墩台”，“漂没民居并人畜”。《昌平山水记》描写：“然水性湍急，大雨则诸崖之水奔腾而下，漂木走石”，场面令人恐惧。古人无助，只有建寺庙，供奉一方神灵，保佑平安健康。

潮关村在现代也遭受过灾难。向南走到村里，来到毛希武家。院门对着东厢房的山墙，上有砖做的影壁，门楼虽在“文革”中拆掉，还能透出老房子的韵味。院内正房三间，是 20 世纪 80 年代盖的，主人居住。西厢房处无房，已成空地。老院子为何残缺不整？曹永宽说：院子当年很气派，三进的大宅院。而今院内只有东厢房这两间房是老房，其余的都被日军烧毁了。那是 1933 年，日军攻占了古北口。4 月 14 日，日军号称有两个日本人被打，要查捕人，便闯进了潮关村，接连两次进行了报复性屠杀，有 83 人被害，上百间房屋被烧毁，制造了惨无人道的

毛希武家院内仅存的东厢房

"潮关惨案"。走到潮关村北头，可见到一座纪念碑，上面镌刻着八个大字"潮河关惨案纪念碑"，让人们永远记住这段历史。

治理潮河，历代人关注，古人有话"当岁岁修治"，耗费了大量的人力物力，"功费久远，不可胜计也"。明人洪钟便是一位。他官至刑部尚书等高位，弘治十一年（1498），曾升任右副都御史，"巡抚顺天，整饬蓟州边备"，正好负责指挥这一带的防御，任职期间，"建议增筑塞垣"，修建千里城墙，"自山海关西北至密云古北口、黄花镇直抵居庸，延亘千余里，缮复城堡二百七十所"，取得明显收效，减少士兵6000多，省去军费开支数以万计。修建上百座城堡中，当然也包括此地。

在任期间，他也对潮河进行了治理，修筑拦河石堰，在潮关村东南的山梁上凿出山洞，准备让潮河水分流，穿山而过，既可御敌，又能获得河边大片耕地。工程进行之中，山石崩塌，压死了数百人，"比兴工，凿山，山石崩，压死者数百人"。结果没能分洪，砂石地上也不能耕种，未达到预想效果，还死了那么多人。当时有人弹劾洪钟"欺妄三罪"，要求逮捕他。皇帝认为洪钟固边有功，仅停发三个月俸禄。

至今那个山洞还在，当地人称为"开山洞"，处于两座山峰之间。洞口不大，

潮河村开山洞处于两座山峰之间

可以过人。洞口外有人踩踏的痕迹，曹永宽上小学时为抄近道还从洞里穿行。实地探勘，这里是潮河的拐弯儿处，当初可能是想让潮河从这里穿山而过，而洞口距水面有几十米高，需要多大的洪水才能派上用场。当初是否还想向下开凿，因死人事件而中途停止，也未可知，不过当地人有戏言，称此洞为“半拉子工程”。古人对治理潮河煞费苦心，而开山治水，里面有诸多科技含量，一位带兵打仗之人，不知能懂得多少。无论怎样，他的用意可以理解。

城堡竟然如此古老，北齐时已经在这里筑墙。明人殚精竭虑，投入大量人力物力，水上布下各种设施，还在岸边建起城堡……前后思忖着走出村子。再经潮河，望着静静流淌的河水，波光粼粼，伸向远方。河床宽阔空旷，能想象出当年洪水暴发，巨石翻滚，壮观场面令人生畏。河水有涨有落，从北向南，从古至今，奔流不息。潮河阅尽沧桑，是一幅历史画卷，记录了两岸变化，内容浩瀚，无法尽说，截取片段，酸甜苦辣，五味杂陈，感慨万端，思绪无限……

潮关城墙上种着蔬菜

河西城堡

古北口，山河纵横，形势雄险，关隘门户。潮河川，通畅大道，地形复杂，兵家必争。气候上极为特别，常发洪水。《长安客话》中描写：潮河川原本以水为险，若逢雨季，周边山上雨水直下，“诸崖之水建瓴而下”，险要异常。有诗为证：“雷声急处雨如倾，电火光来满室明。忽道溪湍高十丈，鼋鼍岸上断人行。”川内形势，险要异常，明人依据长城关堡，布兵列陈。嘉靖年间，曾为蓟辽总督的杨选到此巡视，大发感慨：“潮河潮河，流迫山阿，中有嵯岈之巨石，旁倚峻嶝之危坡。长垣占乎重隘，铁垒肃乎金戈。虏兮虏兮将奈何。”

如此气候地形对于防守者来说，无疑增加了难度。重要之地，布下重兵，修筑各种防御设施。自潮河川向西，山间有多条小路，光绪《顺天府志》地图绘出

潮关城墙上种着蔬菜

“七寨关”。心中诧异，大道为关，小道为口，古北口尚且称口，旁边如何会有“关”？

潮河西有小路，约行 3 里，至两山之间。北齐时筑起长城，毛石垒砌，残墙上留着大块基石。向上望去，竟有敌台，所剩无多，难得一见。关口曾建关门，早已被大水冲毁。望向山巅，长城雄伟，敌楼座座，明代利用了北齐长城，再行修建。几个朝代设关建卡，位置重要，英雄所见。

关口内 200 米有一城堡，建在山坡上，南面坡下有小河。堡不大，形制好，东西约 170 米长，南北约 50 米宽，开一南门，用大块毛石垒砌，断续残缺，北墙高处有两米多，矮处有约 1 米不等。西北角尚存，东北角能看出弧状拐角的痕迹。城堡可能残破久矣，名字被人淡忘，当地人俗称破城子。还有一说：有出京剧《一捧雪》，梅兰芳、程砚秋等名家演过此剧。剧中说到明朝将领莫怀古驻守此城，所以有人称为怀古城。

这条山沟处于古北口西，以前称为西沟大队，下辖三个小队，有破城子、桃园、大平台。小队即后来称的自然村，都在山沟。破城子村有十来户，三四十口人。芦全中是村里的老人，57 岁，对村情历史熟悉。他说：过去城里有井，一扁

齐寨关口，山上明长城，山下北齐长城

担深，水位很高，现在下降了许多，南面小河的水也干了。城堡里有山神庙，上山采药的人先要祭拜山神。1976 年发洪水，冲毁了房屋，村民搬迁到了很远的西田各庄。山沟一带生态极好，被改造为河西林场。密云文物部门所做过调查，城堡最后定名为河西城堡。山坡上存有几处老房子，已做了修复。

修复过的老房子

三角城堡

西沟向西，还有几条山沟，《日下旧闻考》记有：吊马谷、柞子谷、陡道谷、蚕房谷，每条山沟隔一山梁，“山俱险，通步”，均可运兵偷袭。明代早有警戒，在这些山谷小路各建关口堡寨：吊马谷寨、乍儿谷寨、陡道谷寨、蚕房谷寨。柞子谷与乍儿谷，同一谷寨，或许当年叫法上不同。光绪《密云县志》有记：“吊马河口，通步，县东北九十里，在七寨关西，其东南有吊马堡。”七寨关西是吊马河口，东南是吊马谷寨。

顺着古人记忆西寻。地图上查到沟名：龙潭北沟、水石浒沟、寨子沟、苍房峪。山谷名称有变，堡寨之名有别。如今山间小径少有人走，去这些山谷堡寨可走大道琉辛路。龙潭北沟、水石浒沟可从田庄村进入。田庄村口是河道，灌溉水

三角城南门

渠高架空中。村子现属高岭镇，明代则属古北口潮河川下管辖。村子靠近大山，房屋沿河道而建，现有 100 多户，近 400 口人。村北拦起大坝，建成田庄水库。

向北行进入龙潭北沟，两侧大山耸立，溪水潺潺不断。山石间储有清水，称为龙潭。行至第二潭，遇到寻山护林的村民石自志，50 岁，对过去的事听说过不少。他说：西边山称台上，有龙潭庙，两个大殿。求雨很灵，上香的人忒多。庙里有粗壮柏树，能出六口寿材。龙潭庙让日本人烧了，后来想修，钱不够。其实这里才是黑龙潭，名字让别人叫了，这里只能叫龙潭了。光绪《顺天府志》果然记有黑龙潭，水入潮河。崖壁上錾出平面，隐约辨出字迹：山不在高，有仙则名。水不有深，有龙则灵。古人名句，正适于此。

沟内树林茂密，正值冬季，落叶满沟，若在夏天，定然鸟语花香。传说这个山上有宝贝，并留下老话：酒缸十八锅，不在前坡在后坡。隔山不隔岭，隔水不隔河。山里发现有野鸡、狍子、山羊，二三百斤的野猪，还挖出过人参，卖到同仁堂，挣了上万元。如此生态，谁知今后还会发现什么宝物。

向北小路愈窄，山石从两面挤来，巨石当道，仅容一人通行。两侧山崖上建有敌楼，连起长城。这是关口，亦为河道，夏秋水大，正值冬季，水势减小，涓涓如溪，清澈见底，穿流而下。北面大山是酒漏子山，好水如酒，是否因此而得

关口险恶建有敌楼

名，泉香酒洌，可以畅饮。路边立有长城文保碑：吊马河水关遗址。翻过大山可去河北滦平。

吊马河水关内二三百米有城堡，恰在东南，与志书相同，建在小山上。盘山而上，拐几道弯儿。城门一侧存有几块巨石，切割方正。门前立有长城文保碑"三角城城堡"。三角一名引起好奇。城堡并不规则，也非正向，城门大致朝南。北墙存留较多，两三米高不等，其余三面墙体要矮。城堡东西长六七十米，南北长四五十米，是个小城堡，似为三角，更像梯形。

城里布满废弃的房屋，残墙纵横。石自志说：龙潭沟里住过人，以前有龙潭沟大队，下辖几个小队。三角城里住过 6 户人家，1976 年沟里发大水，之后两三年内陆续从沟里搬走。这里过去是屯兵的城。曾在城里挖出一把瓦刀，18 斤重，可知使用瓦刀人身高力大。后来这把瓦刀当废铁卖了。长城砖大，工具也不会小。登上城墙东北角，墙外有灰窑，存有灰坑。灰坑口外残存白灰，顺山淌下。城外或为施工场地，城里或有施工之人。沟里地窄，于山上找出平地，建起城堡，平时为修筑长城供应建材，战时能守护沟内关口，一举多得。

关口东侧的敌楼

吊马寨堡

龙潭北沟东面是东沟，有小路可通，从三角城行走，约 20 分钟能到。龙潭北沟西面是水石浒沟。新修了一条路，两侧灌木茂密。这条沟以前是水石浒生产大队，住着几十户，百十口人。路边存有民居房基与残墙。还有大队部旧址，屋顶已掀掉大半。附近有金矿，沟里加工过金子，一直持续到 20 世纪 80 年代，至 90 年代因污染停止了。现在存有加工的方池。看到沟内山石脚下有一窟。石自志说，这洞里有一对金鸽子，会喷水，有五六米远，能喷过河边小道上，后来被南方人挖走了。石洞里有山泉喷出，深山沟里会有宝藏，传说充满幻想。

行至沟谷窄处，两侧山上建有敌楼，连接长城。这里是关口，关墙早已损毁。有长城文保碑“吊马寨水关遗址”立于旁侧。河口道路比吊马河口略宽，危险系

城堡建于坡地上

数要大，重要程度加大。关口内一百多米建有城堡，毛石垒砌，西北、西南角各有垛脚，背靠山峰，而临河水，虽非南北正向，形制也是极好，立有“吊马寨城堡”长城文保碑。城开两门，都在西侧，一靠南，一靠北，当地人俗称小城。

堡前已无平地，上坡即是城门。靠北城门券顶部分坍塌。砖土堵塞城门，不能进入。只能从靠南城门进城。券门上用青砖，下面几层粗糙条石，门闩处栓眼石也用毛石，当年财力有限。城门内有砖垒砌的一道墙，进城要绕道上坡。城堡东西长四五十米，南北八九十米。墙有断缺，南墙高两米多，西墙一至两米不等。东墙在山坡上，五六米高，倚靠高山。

城内长满灌木荒草，寻有石磨，看到地窑。民居已是断壁残垣，能看出用了城堡上的砖。水石浒大队辖有几个小队，小城是其一，住有六七户，1976 年发大水，之后先后搬到古北口。在城门墙上踱步，毛石墙上发现了残留一段两三层青砖。墙上曾垒有垛口或女儿墙，民居青砖多取于此。

最初以为有城堡有两座，各开一门。俯瞰地势，受山谷狭窄所限，为避开水道，西墙北侧只能向内收缩，退进六七米，拐角处山石坚硬，不好开凿，顺势而为，似两座方城相接，实则城里相通。城堡开出二门，比只开一门的堡寨规制提高，能在这样局促逼仄沟内用尽地势，建出大堡，颇费思量。

城堡西门北侧

半城子堡

再向西是寨子沟、苍房峪，已属不老屯镇管辖，走琉辛路，从香水峪、半城子水库进入。寨子沟名出有因，沟里存有堡寨遗迹。寨子沟里曾住有居民，1976年发大水后迁出。现在还有人进沟做些农活。

再向西是苍房峪。此地有半城子水库，于1976年落成，名称拓展，范围扩大，依村得名。半城子村有286户，660口人，朱姓是大户。村西北山坡上，残存几十米长的墙体。立有长城文保碑：半城子城堡遗址。密云文物普查认定，城堡为明代建筑。当地人说，城堡只修了一半高，所以叫半城子。做过文物所长的专家祝自祥认为：一座城堡不太可能只修一半。寻问村里63岁的朱忠权老人。他说：这里是古村，紧临河边，建有护堤坝，还有一道护院墙。村子很早迁到了东

半城子旧址靠山

南河对岸，有修复了的娘娘庙，还有五道庙。城堡在半城子水库管理处，距村约有两里，见过地基，残存极少，只是高于地面的毛石垄子。城堡面积不大，东西长有约 80 米，南北长有约 40 米，北面靠山无墙，只有三面。于是沿河道上行来到管理处，地基遗存皆无，只能望着房屋、围墙、公路，凭空想象。

老人无意中说道：管理处的后面有约 4 里是山沟，叫苍房峪，分为大苍房、小苍房两条山沟，最后汇于一处。沟里有里苍峪村，村民早已搬出。沟里没有城堡。修水库之前，这里就是沟口。清代地图上面绘有蚕房峪口，有蚕房峪堡，于洪武年间建造，城堡面积不会大，间隔 700 多年，其间会有诸多变化：战争、人为、自然风化、洪水冲击等，山坡墙体更易毁坏。老人记忆中，城堡的面积、建材、残存，与那个年代相近。

明代编写的《四镇三关志》里并无半城子城堡的名称。这片区域恰恰出现了蚕房峪堡。“蚕房”与“苍房”读音接近。沟口附近建起城堡，防御所需。再查现代地图，水库北面绘有两条山谷，向北汇于一处。有趣的是，许多地方把这类残存无多，又处于坡地上的城堡称为破城子或坡城子，而这里独称半城子，好听又有悬念，得以流传。

半城子在路边

乍儿峪堡

再向西有西台子沟，在陈家峪北约 1 里，当地人叫戏台子沟。那里立有长城文保碑——乍儿峪城堡。河边小山上有残墙遗迹。进沟约行 3 里有长城文保碑——关门水关遗址。河宽道阔，是重要关口，当年建有关墙，山石边还能看到残存青砖。山上敌楼俯视关口。对照《四镇三关志》与清代地图，应是陈家峪口，这一带在军事上属石塘路白马关下管辖，驻有重兵防守。

比较这几条山沟，龙潭北沟与水石浒沟相距很近，与寨子沟、苍房峪沟间隔较远。恰巧《日下旧闻考》写出山沟间距：吊马谷至柞子谷 3 里，柞子谷至陡道谷 10 里，陡道谷至蚕房谷 10 里，与现实相合。吊马谷砦、乍儿谷砦、陡道谷砦、蚕房谷砦几座堡寨属古北口潮河川下管辖，成为明初护卫古北口防线的一批城堡，

乍儿峪城堡碑

时间久远。

光绪《密云县志》也指明：吊马河口东南是吊马堡，乍儿峪口在吊马河口西，有堡。同时又说出左二关，并把蚕房峪堡划到石塘路白马关下管辖：“左二关，险，仅通步，县北一百里，在乍儿峪口西，其东曰蚕房峪堡。”当地许多人不知道左二关具体位置，而地域辖区划分近于今天的镇域分界。

乍儿峪河口宽敞

石匣城堡

关口堡寨处于防御前沿，难以抗击大规模战事。京城东北最为重要的通道，应有战略纵深。有城堡建于潮河畔，那便是石匣城堡，位于田庄村南。取名石匣是因为城西平地有巨石，形状如匣，深不可测。《日下旧闻考》记载："城西平地有石如匣，深不可劚，故以名。"明初洪武年间建起土城。至嘉靖二十九年（1550）鞑靼部俺答军大举进犯古北口，第二年又从墙子路入侵。两次皆道经石匣，因此精心增筑石城，处于古北口后方，作为营城，驻有重兵，成为京城东北的军事重镇。

石匣城堡规模宏丽。"石匣营距密云县治六十里，洪武中建，土城，嘉靖中增筑石城，屹然遂为一巨镇矣。"改建后的城为方形，面积巨大，"城周四里

水下藏石匣

二百六十四步三尺，四门”，城墙每面约500多米。开设四座城门，东门“来曦”，西门“昭远”，南门“昊瞻”，北门“朔镇”，门额“玄天锁钥”，上有一座真武庙。四门建瓮城，东、南、北城门与瓮城的门不直通，只有西瓮城门与城门直通。城的四角各建小瓮城，上建角楼。城门瓮城与角瓮城之间再建8座小瓮城。城外的护城河上建有一座石桥。如此坚固完备的城堡非常少见。

古城对着城门有十字街道，分别称为东、西、南、北大街。主要街巷有东街、西街、南街、北街、城隍庙街、草场胡同、后仓胡同、西头条胡同、西二条胡同、西三条胡同、西四条胡同、大东胡同、小东胡同、丁家胡同等，巨城规模可见一斑。寺庙众多：关帝庙、文庙、真武庙、火神庙、三皇庙、城隍庙、财神庙、土地祠、圆通庵、白衣庵等。石匣城有副总兵官驻此，还有县丞署衙门、守备署、游击署、营房址等。至清代边关作用降低，也有高官驻扎，光绪《顺天府志》：“东北六十里石匣镇城，为县丞治，游击、守备、千总、把总、外委驻焉。”

石匣城为蓟镇三协中西协驻地，西协下辖四路。建此巨城，正当北面古北口、潮河川，西北望向白马关及石塘路，东北接应曹家路、墙子路，为各路兵马的中心，统领指挥。《日下旧闻考》载：“由潮河川营至石匣营四十里，石匣营至白马关四十里，白马关至石塘岭营四十里。”石匣与所辖战略要地距离大致等距。蓟镇

石匣城图

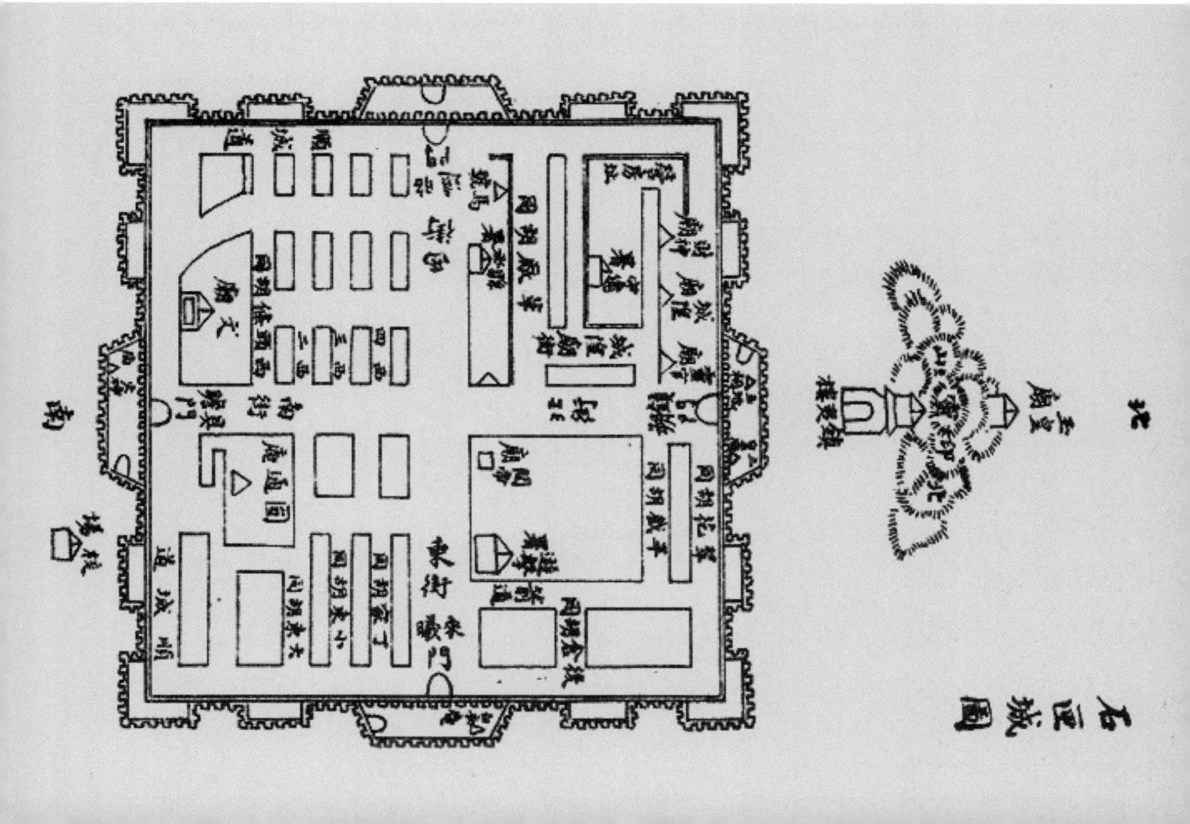

西协驻扎于此，便于统领指挥，支援调度，战略意义重大。

田庄村南如今已是密云水库。前些年水位低，有人进城寻访。后来水位升高，也有人乘船在水面上看到过水下城堡的轮廓。现在水位更高，石匣城淹没在水下，如匣的巨石不能看到，匣内宝物更不能寻得。究竟是何宝物？当地人只说是发光的宝藏，取之不竭，用之不尽。流传有各种故事，也没指明具体是何宝物。明人蒋一葵在《长安客话》中引用了巡抚王大用的一首诗：“昔人藏剑处，石匣入云根。万里妖氛定，千年耿气存。斗文能自蔽，霜刃复谁伦？防护凭神力，常留镇此门。”诗人描写，石匣高耸，藏有宝剑，古人用此巨剑，镇妖除恶，留在此处，镇守国门。而作者诗后补言，“剑今莫知所在”。看来诗人也是收集了明代时的传说，与战争年代人们的愿望相合。

潮河川为京城东北最重要的通道。《四镇三关志》作者坦言：“效祖曰：蓟镇以古北口为要冲。”古关当道，古堡密布，重镇坐守，体系完备。古道古堡，名称拗口，新名鲜明，古今有别，却留存下古代边关的遗韵。幸好有志书与古城的地图，保存下了历史的记忆。

田庄村河道

第四辑　石塘路

《日下旧闻考》："石塘路关砦二十三，东自陈家口，西抵开连口，延袤二百五十里。白马关下关砦十一，陈家口关、东驼谷关、西驼谷关、左二关、响水谷关、白马关、划车岭砦、白崖谷关、冯家谷关、营城岭关、黄崖口关，俱永乐年建，边城一百五十五里，空心敌台三十六座。石塘岭下关砦十二，石塘岭关、东石城关、西石城关、东水谷关、大良谷砦、白道谷关、牛盆谷关、小水谷关、大水谷关、河坊口关、神堂谷关、开连口关，俱永乐年建，边城九十二里，附墙台三座，空心敌台五十九座。"

上峪村城门外古槐

南北石城

蓟镇西协石塘路，明代边关，与墙子路、曹家路、古北口比，距京城最近，管辖范围绵长，东自陈家峪，西至现属怀柔境内的河防口，担负着“二十三个关寨，一百五十五里边城”的防御，指挥中心设在石塘岭，那里是山区，建有城堡，决心探访。

公交车上，司机说，石城站即是。辅一下车，路边标牌醒目，上书“南石城”，相距不远又有“北石城”。蒙了，南北两个，进入石头阵，莫非石塘岭城堡另改别名?

西面山上长城蜿蜒，位置不会有错。寻问当地人，原来这是石城村，包括两个自然村，南石城和北石城，相距二三里。两村古时都有城堡。北石城的城堡在

北石城长城蜿蜒而下

新中国成立前已被毁坏。20 世纪 60 年代初，石城公社建储粮仓，南石城的城堡也被拆完。当地老人记得，城堡呈正方形，长宽大概各约 24 米，开一南门。城墙下面是石条，上面全部由毛石垒成，整个城堡没有用砖，取用当地石材，所以称为“石城”。照此说来，北石城的面积也不会大。查阅光绪《顺天府志》果然有记，距密云城区向北“四十五里……南石城堡，四十八里北石城堡”，与现在的距离相似。

为何在此建起两座小城堡？原来山中有两个山口，步兵能够通行，明代永乐年间建起“西石城关”“东石城关”。为守护关口，后方建起两座城堡。光绪《密云县志》记:“东石城口，通步，县北五十里，在鹿皮关西南，有堡。”“西石城口，通步，县北四十五里，在东石城口西南，有堡。”因山势，长城呈南北纵向，按旧时密云县城方位来说，又把南石城曾称为“前石城”，北石城称为“后石城”。南北石城两村规模相似，共有 300 多户，700 多口人。

公路两侧，房子崭新。顺小路拐进南石城村，石城村委会设在这里。这是条老路，两侧有旧房子，上书“发展经济保障供给”，这是 20 世纪六七十年代的供销社。商店里堆放着饮料一类货物，看来已停止经营。而街上新开了民俗户，招

山水石城

牌林立，一家挨一家，食宿便利。向西是云蒙山，看到了长城，蜿蜒于山巅。村北有条河沟，也是山沟，并无名称，可以穿越大山。这应是古时的通道关口。当地人说：听说过附近有城堡，不过早没了。你可以去石塘路看看，那里还有城堡，并给以清晰指点：走公路边的那条小路，向东约 3 里便是。

石城老房子

石塘路城

回到公路上，看到路口处立有巨石，上书“石塘路村”。心中不禁莞尔，三个村子，三处城堡，都带“石”字，“磊”出的防御定然固若金汤。路口有九道弯儿河，河边装有健身器材，这是桃花地村，是石塘路村下辖的自然村。有铁路桥架于水上。密云水库，有了水便增加了吸引力。边走边看着小路两边的绿色，庄稼长势喜人，清新养眼，脚步也变得轻快。

小路很静，后面远远传来“刷刷”的脚步声，一人推着小车疾步走来。此人叫王秀芝，61 岁，30 年前嫁到本村。现在水库刚刚开河，可以捕捞，清早儿把刚打的鱼拉到路边去卖，新鲜，出手很快。以前的人可能也是以水为生。再问起古城。她说 1958 年修密云水库时把城拆了，只剩下鼓楼，上面有三间房，1976

石塘路鼓楼

年地震塌了。几年前的村书记曾想把鼓楼修整好，没想却早逝了，睹物思人，不免有些惋惜。

边走边聊，不一会儿就到了村边。一位老人，弯弯的腰，拄着拐杖，精神很好。老婆婆叫马清莲，85 岁，本村人。问起村里旧事。老人说：城堡北面临河，南靠小山叫石塘岭，山上存有南楼，背山面水，前有照后有靠。城里地面起伏不平，南高北低，有南北、东西两条主街，还有不少小胡同。南街地势高，北街地势低，南街多富人，是地主富农，北街多住穷人。为何有这规律，可能是因城堡北面临水所致。城堡作用渐失，变为村子，率先居住的人便选择地势高的位置建造房屋。老人说话有跳跃，却能勾勒出旧时的状况。

城南地面高出许多，紧靠山岭，修有铁路，建石塘路站，通往古北口。以前游客很多，村里开有很多客栈。现在铁路只运货，客运停后，游客少了。这里位置高，向北望去，整个村子皆在眼前，布满房舍。山上南楼即敌楼，以前很完整，后来拆残，现在做了修复，位置更高，站在上面，可以远望几十里，北方若有敌情，第一时间即可看到。

城堡能建钟鼓楼，是规模与规制的标志，走向十字街中心，券门残存，一侧

隐约可见山上南楼

留有垒砌的青砖条石，另一侧为房屋借用，遮挡在民居之中。门洞上面的青砖已经剥落，露出内里的黄土。这是城堡残存的文物，在下面盘桓良久。门洞有两米多高，地面垫高而显得矮了，能看到地面上的 8 层条石。门洞为砖砌拱券，原本进深很长的门洞，现在仅约 1 米多。没修也好，保存原样。

城堡曾经辉煌，明初洪武年间即已建造，万历年间再行增修，扩建了面积，这在钟鼓楼前碑牌上有记。光绪《密云县志》中说："石塘路城，县北五十里，西距鹿皮关五里，明洪武年建，周二里有奇，城形正方正，置四门。"开有四门，在路城中特殊。北门石匾额"石塘岭"，南门石匾额"石塘路"。《四镇三关志》又说，"石塘岭营城堡一座"，屯兵的营城，士兵众多，驻有参将。

自钟鼓楼向北，路边有古井。井口处四块条石，上面各有大小孔两个。井下砖石垒就。井面有石板，上面已破损，能看出四个圆形的痕迹。古时是四眼井，极为少见。智人在石板上开出四个井眼，说明井水充足，人员众多。无声的古井目睹了上千士兵的用水。

再向前是北城墙，墙上新建一石亭，以为标识。四五百米长的城墙已夷为平地，种着玉米等庄稼。在城墙上反复行走，终于在坡下西北侧看到约 1 米高的残

石塘路城四眼井

墙，约40米长，毛石垒砌。周长2里的墙体，剩下少得可怜。西城墙有大块毛石，残存约有50多米长，已为房舍地基。东城墙已如土垅，只有走到东墙外，地势较低，临着水库边缘，还能看出1米多高的毛石墙体。偌大一座城堡，唯独鼓楼残居城中，俯腰含胸，老态龙钟。

这里的城堡称石塘路城，又因有山岭称石塘岭城。石塘路村还保持着路名。村里现有约200多户，五六百人。仁王张是本村大姓。仁克旺是村里老人，78岁，本村人。他记得：当年城墙下面是条石，中间是毛石，上面外包二三米高的砖。日军侵略时西城门被炸坏。北城门楼有三间房，内供佛像。东门外西门外都有寺庙。城里城外有十几座寺庙：如城隍庙、关帝庙、药王庙、圣人祠等，城外还有校军场、演武厅等。

当地人说：站在南楼上看，城的南墙北墙长短不一，像条船。南楼如锚，拴住大船。民国《密云县志》记有“城形西南隅缺”。再从旧时地图上看，城堡是方形，西南角缺失一块，向内凹进不少。南门北门并不直对，北门对着石塘岭上的南楼。南门开在缺失的西南角，如同偏门。不知是否城墙南短北长，视觉差别，城堡又临着水库，令人有了船的联想。

石塘路村火车站

城堡西面 5 里是山口，白河自此涌入，秋冬季少水，成为通向山外的通道，可以通过大队人马，永乐年间建起石塘岭关。《四镇三关志》做了描述：“石塘岭关，永乐年建，正关，河口宽浸，通众骑，极冲，迤东石门墩，大河口。”明初两代皇帝先后修建城堡关口，足见重要。关口两侧悬崖峭壁，危岩峻险，山崖岩石断面处颇似鹿皮斑纹，形态逼真，栩栩如生，因此又形象称为鹿皮岩，关口随之而名。“鹿皮关，通骑，县北五十五里，在黄崖口西南”，现有鹿皮关长城碑立于关口崖上。

石塘路村俯瞰

马营城堡

鹿皮关古时就是北方民族进入的通道，关口内的骠骑堡是古名，后来改称马营城堡。《昌平山水记》对这一带的兵要地理做了描述：“白马关西南四十里为石塘岭……其西北有骠骑堡，有水关，白河从堡西北塞外来，经石塘岭，下密云县，其东北有石佛堡。”光绪《密云县志》也记：“石塘路城西五里有骠骑堡，白河由口入边南流。”清《畿辅通志》记：“石塘岭关在密云县北五十里，有城，周二里有奇，旧设参将驻守。本朝改设都司佥书。其西北为黄崖口，有堡。”位置正指此处，参将也驻守于此。做过文物所长的专家祝自祥说：石塘岭关就是鹿皮关。马营城堡建在白河西岸，位于石塘岭城堡西北，相距二三里。有资料显示，马营城堡呈长方形，东西墙长 200 多米，南北墙长不足 200 米。大块毛石垒砌，下面有

水库中为骠骑堡遗址

二层条石。城墙很早就残损了。修密云水库时城堡没于水中，枯水时还能露出城墙残石。而今库存剧增，就连城周的大树也淹没树身，只露冠顶，四方排列，阵势巨大，想象出绿树绕城的景象。

石塘岭城堡当年定然精心选址，西面接应马营城堡把守鹿皮关，东北面支援石佛城堡看护白马古道，形成防御纵深。以前自密云县城北行，正好经过此地。祝自祥说：20 世纪 50 年代截流了两条大河，白河与潮河，修建了密云水库。白马古道与水相连。修水库的同时，在石塘岭城堡西侧的石城修筑了公路，便利南北通行。如此重要的城堡，至清代作用渐失，级别逐年降低，光绪《密云县志》记着："国初都司驻之。乾隆五年改置守备。道光二十三年置把总戍之。"民国《密云县志》补记："把总裁，城废。"时代使然。站在石塘路城堡北城墙上远望西北，城堡墙下围着铁网，水库边缘，加以保护。茫茫水中，还有旧时记忆。

不能改变的是山上的石崖。石塘岭之阴有崖，如鸟形，旧称"鹦鹉崖"，当地奇景。此"鸟"位于何处，很有兴致。当地老人讲，就在石塘岭关口。寻至关口，正是现今的黑龙潭。潭水之上，山石突出，似只巨鸟，细辨形状，尖喙面人，有如鹦鹉，喜望游客，处于山岭北侧。鹦鹉崖与鹿皮岩隔水相望，距离 500 米，与志书记述吻合。明人《四镇三关志》作者刘效祖曾有《石塘岭鹦鹉诗》："原

鹦鹉崖极像鹦鹉

是关西鸟，似因塞北看。千年留胜迹，万里恣飞翰。影落金塘静，光生玉壁寒。从军有陇客，只恐报书难。”密云有几处黑龙潭，或灵验或有志书记载，而此处叫成鹦鹉崖，哪怕在景区开设出这一景观，定然增添了许多历史人文底蕴。

紧依水库，水面阔大，碧绿清澈，养育京城，发生过多少故事，难以说尽。石城美丽，云蒙山已是旅游景区，鹿皮关古时著名，现在依然充满魅力，声名远播，笔者多次游玩黑龙潭，乐此不疲，并未看出山崖上偌大的鹦鹉。《方舆纪要》记：“自汤河上稍正南行，顺白河至石塘岭，可二百里。山恶水深，称为天险。”古时山恶水深，如今天险变为美景。

鹿皮关口

陈家峪堡

陈家峪紧邻潮河川，明代属石塘路，在白马关下管辖。再确切些，此地正是与古北口的辖区分界。古北口、潮河川的关寨是洪武年建，而自陈家峪向西的白马关一线关寨晚几十年，为永乐年建。古北口为重，白马关补充完善，两条古道形成完整防卫体系。

陈家峪因关寨而名。《方舆纪要》中说，陈家峪堡，亦曰陈家峪关。关口之内再建堡寨，前后呼应，形成防御纵深。之后渐为村落。有村民说，过去曾有陈姓将领在这里守城。也有传说穆桂英、杨家将在这里打仗，留下故事传说而得名。不论怎样，村里并无陈姓。

城堡东靠山，西临河，地带狭长，形状并不规则，南北长约 170 米，东西宽

陈家峪城堡北门西墙

约 80 米，东北角、西南角是直角，其余呈弧状，地形所限。牤牛河从城西流过。过了河便是村口，有长城文保碑——陈家峪城堡竖立。这是南门，城门已无，西侧存有墙体，大块毛石垒砌，十分平整，比潮河川的堡寨要精细。城门东侧补砌了墙体，成为出入之门。

走进城里，南北主街并不笔直，略有弯曲，看不到北门。街两侧多是新房，内里也有传统结构旧房子，1949 年前后建造。透过民居院落间隙，能看到西城墙，高约 5 米，上有石板牙子，应是顶部，不知原来上面有无女儿墙或垛口。北门处已为豁口。墙芯碎石裸露，有 3 米多厚。墙下残存两三块条石。

东城墙靠着小山，东北角方正，建有垛脚。西北角很短，甚至近于弧圆，顺河拐过。西墙保存最为完好，巨石上泛出的青苔已为黑色，演绎出时间的久远。草根扎进白灰缝隙中，顽强伸展出绿叶。毛石墙下，条石二至三层，竖缝相错。西南角也有垛脚。城堡残缺，部分墙体保持原样，也算存留较多。

陈家峪现属不老屯镇，下辖 7 个自然村：郝家、北台子、下家、水泉子、陈家峪、张家台、里苍峪，138 户，340 人。仅算本村，只有 10 来户，30 多口人。村子虽小，名气古老。王立军是本村人，45 岁，对村情熟悉。他说城有三个垛脚，那个垛脚在北门旁边，算是西北角。南门很早就拆没了。北门存有城门洞，下有

陈家峪村民居

条石，上为青砖。20 世纪 70 年代中期修路架桥用石料，拆了北门。城堡当年主要是屯兵。城里有土地庙，早无遗迹了。城无古井，村民现在吃自打井。这一带关于穆桂英、杨家将的传说很多。学校老师上课也讲过相关故事。八路军在这一带打过日本鬼子，有伤员住过北面山里。

村北约 1 里，有岔路口，偏于东北走进山沟。这里是西台子沟，村里人称戏台子沟。北行约 3 里，山路渐窄，山顶上见到敌楼。有长城文保碑立于道旁，上书：关门水关遗址。清代地图有绘，陈家峪口是吊马河口、乍儿峪口、蚕房峪口西部的重要关口，古书中形容这里平漫，能走骑兵。河道较宽，当年建有关墙，不知何年拆毁，路边山体上还存有残墙。沟里河道宽阔，布满鹅卵石，圆滚溜滑，踩撞出哗哗声响，似乎讲述着关口的故事与河道的沧桑。

自关门水关遗址向北，山上耸立着完整的三眼敌楼，上建楼橹，现代驴友把这种敌楼誉为完美楼。墙体、垛口、排水孔、插旗石、女儿墙保存基本完好。楼橹门旁局部曾有残损，据说是打仗时炮火炸的，至于古代还是现代的战争不能确定。楼橹 1990 年做了维修，墙体局部填补，房檐重做瓦当，装上了避雷针，真是完美。

站在敌楼上向下望，这一带的山势地形皆入眼底。东面山梁条条，苍房峪、

远望完美楼

寨子沟、水石浒沟、龙潭北沟隐于山梁之下。各处山顶建起座座敌楼，哪里有情况，燃起烽火，一目了然。戏台子沟铺就的水泥路，弯曲延伸，在阳光的照耀下，宛如白练。

东北方群峰连绵，一峰形状特殊，格外醒目，山尖如桃，歪向一侧，当地人称歪驼山，古时称驼骨山。民国《密云县志》做了详细解释：驼骨山因二山连亘而得名，一座叫青草顶，南边一座叫柏查山，如驼峰耸立，合之则统名曰驼骨山。依据此山，两侧便有东驼骨与西驼骨两座关口。古时兵要重地，均建城堡。

远望歪坨山敌楼密布

西坨古堡

“驼骨”两字于现代有了变化，不知何时改写为“坨古”，语音相同。陈家峪东北，行约 5 里便是东坨古关，志书中形容地形“北平南险，通单骑”，能走骑兵的小路也很重要，建立关口，下有东坨古城堡。至民国《密云县志》时已是有关无堡了，“东驼骨关至县八十二里”，并无“堡”字，看来城堡很早消失，已无遗迹。现在美丽乡村建设，村落发展很快，面貌为之一新。

而西驼骨关则不同，“西驼骨关堡至县七十里”。多一“堡”字，内容大变。自东坨古关东行 10 里为西坨古关。《四镇三关志》记：“西驼谷关，永乐年建，正关并迤东墩空，通骑，冲。”骑兵能够通过，比东坨古更为重要。关下建有城堡。进入西坨古村，看到长城文保碑——西坨古城堡。此处为城堡南门。门洞已无，

西坨古城堡北墙

如同墙上开出的豁口，两侧还有残墙，大块毛石垒砌。西侧一段做了维修，水泥勾缝，冲淡了古韵。城门外装有健身器材，老人们在这里休憩。

正在踯躅，一老人走了过来。此人叫彭光存，65 岁，本村人，熟悉村子历史。知道我想了解古城，非常爽快，他引领着走向城西。西墙外是牤牛河，虽是初春，河上的冰雪并没融化，洁白无瑕，踩在上面，吱吱作响，衬起垒砌的黑褐色毛石，愈发显出城墙的凝重。墙有四五米高，在河边看，更显高大，虽有断续，不失雄伟。西北角垛脚基础完好。角部皆用条石，虽未精细雕凿，依然牢固结实。

北城墙保存较好，连向东面，墙外已为坡路，一路向上，城墙随之降低。走到东北角，已与城墙等高，可登上城墙。北墙上宽约一丈五，内里碎石充填。向下能看到内城墙。民居建筑依靠墙体而建。在此打量城堡，是个长方形，南北长有 160 米长，东西长约 70 米长。彭光存说：城堡四角都有垛脚。小时看到过城门，砖砌拱券，下为条石。城门两侧有杠窝，门下有柱脚石。20 世纪 70 年代建小学校，拆去了城门上的砖石。

站在墙上抬头北望，山上敌楼耸立。楼体不是正方，村里人依形称扁楼，又依箭窗数量而称四眼楼，外人因村名而称驼扁楼。细观垛口上，竟有残缺的墙体，那是楼橹，当年也是座完美楼。四眼楼下便是西坨古关，相距约 3 里。此沟向北，

村内洁净的民居

翻过山就是河北滦平。

东墙虽有，已经填平，埋在地下，上为村内通道，行走其上，城内民居屋顶皆在脚下，新老房屋交错。彭光存说：东墙外无河，却挖了很深的壕沟，以防骑兵攻击，现在填平，盖上了房屋。东西侧的山上各有敌楼，后来都有拆毁。西侧存留着敌楼基座，东侧很难看清遗迹。两座敌楼，居高临下，多重攻击，还可把险情消息传递远方，引来援兵。严密布防，无须文字，告诉了路人，兵家对古道的重视。

从南门进入村里，街上能看到城砖，还有门前大块条石铺就的几级石阶。村里人现在用自家打的水井。村有古井三口，一口盖着木板盖子，还在使用。看到一所房屋，年久失修，空置已经 30 多年了，不知建于何年。街上多是老人，坐在自家院门前聊天，看到我对老房子感兴趣，便主动介绍老房子年龄，有七八十年的，还有上百年的。一位七八十岁的老人说，他父亲就开始在自家老房居住，房子过百年了。老人似为独居，屋里物品凌乱，而门楣上垂贴下来的挂钱儿随风飘动，红火鲜艳。挂钱儿要轻读，略带儿音，形如剪纸，为一地民俗，寓意恭喜发财，富贵吉祥。没出正月，还在节里，多家张贴，古村增添了色彩与喜庆。

一家院门上的春联门神贴得热闹，一面共产党员户的红旗不大，位置醒目，

西坨古关帝庙山门上的挂钱儿

格外戗眼。走进院里，三间北房敞亮，物品收拾得停当，挖有地窖。女主人叫孙桂芹，78 岁，热情迎我进屋。陈设的大衣柜、三屉桌等家具一应齐全，只是略显过时。炉子上坐着水壶，烧出暖暖的生活气息。明屋两个灶台。一侧锅里泡着饭碗，要等点火做饭时再刷，节约能源。灶又连着火炕，一举多得。村居的温度与泥土芳香是城人体会不到的，老两口在山村生活了一辈子。老伴 85 岁，当年做过村里的书记，果然是老党员。

大街尽头，北墙内是关帝庙，三楹，前几年刚刚维修。彭光存说：城外还有一庙，称为南庙，不知具体供奉，已无遗迹。村里大姓有周彭两家，据村里老人说，以前扛长活来到这里，留下之后渐为村落。村子属不老屯镇，下辖 7 个自然村，村民约 350 户，700 多口人。按自然村算，本村便占去近一半，约 140 户，近 300 口人，是个大村。城堡地方有限，一半村民住在城外。

从西坨古村出来，沿路西北而行，群山连绵，毛石垒砌的城墙蜿蜒山巅。那是长城，连接起座座敌楼，犹如巨龙，身披盔甲，高低起伏，望而生畏。前方连接起响水峪，又一道关口险要，严密布防，绝无遗漏。

西坨古村城北关帝庙

白马关城

名山大川。

山川相连，水在其中。

水冲开群山，挤出通道，辟成纵深川地。

密云北部有白马山。河水自北涌入。两侧陆地或逼仄，或开阔，地势险峻，绵延几十里，人们把这一狭长地带称为白马川。大川东西两侧的人民，垦田耕种，繁衍生息。大山南北两面，气候环境不同，分隔开农耕、游牧两种文化。

北方游牧民族部落众多，时代不同，多有战事。汉代乌桓活动范围广阔，向南曾至辽东、渔阳、河北一带，距密云地域不远。宋与辽在此地多有争战。明朝初年，元人逃往塞北，北元势力犹存。朱元璋在北方重要通道上建起了许多堡寨，

白马关水关长城

诸如司马台寨、沙岭儿寨等，以防关口不测，白马关堡便为其一。朱棣长年镇守北方，夺取皇位后，在这一带又重点建起一批关口。《日下旧闻考》记录了名称："白马关下关砦十一：陈家口关、东驼谷关、西驼谷关、左二关、响水谷关、白马关、划车岭砦、白崖谷关、冯家谷关、营城岭关、黄崖口关，俱永乐年建。"

沧海桑田。探寻这些古人留下的遗迹，于今似为奢侈。

走进白马川，柏油公路平坦，两侧群山起伏，重峦叠嶂，绿树障目。寻找关口要全神贯注，不留神会把一溜山石错认为是残墙，或把极似人形的山峰掠过。一溜城墙闪现眼前，垛口呈九十度角自山上低垂下来，可见陡峭。城墙处于两山之间，中间形成关口，存有砖石拱券的关门。这是洪桐峪水关，预示着已进入边关险地。

来到白马关口，感叹古人精心，选择在峡谷狭窄处，两座山峰间，建起了一道城墙，而今两面山坡尚存残迹。东面坡度较陡，直下到山脚。残存墙体，毛石垒砌，棱角整齐，断为几段，掩映在绿树之中。山脚有河。河床宽阔，水浅如溪，碎石裸露，长满灌木杂草，连向公路。莫看此河现状，却有名气，《清史稿》中说："西有沽河，自滦平入，合白马关河，是为白河。"此水是白马关河，为白河上游一支。

白马关水关长城残存的马面

路与河并行，当年可以行走大队人马。《四镇三关志》中描述："白马关，永乐年建。通大川，正关河口通众骑，极冲。"此处为"正关河口"处，尽管关口建在两山之间的狭窄处，而河水有涨落，若在旱季少雨，依然能"通众骑"，极为重要的通道。做过文物所长的专家祝自祥介绍，2012 年前后曾进行过考察，水关上建有水门洞。当地人也说，水门上有城门，许多年前被洪水冲走了。

西面山上的城墙残存较多。墙体三五米高不等，也是毛石垒砌，一直连到山上，与峰顶成为一体，这是长城。墙下有长城白马关水关文保碑。墙下毛石外发现了碎砖，碎石中夹有瓦片。再寻，城墙南侧又看到了一道残墙。这是何故？祝自祥说：关口有一座瓮城，开有南北两座城门。东侧有围墙，20 世纪六七十年代修这条公路时拆毁了。从城墙东南角残存砖石分析，上面可能建有角楼。在城墙内外四周探看，瓮城利用山势，围出东西北三面墙体。南北间距长约 150 米，东西也有近百米长。墙体残损严重，外侧有青砖，内里是毛石。砖应是后来加固垒砌的，而瓦片为瓮城内建筑，供驻守关口的士兵居住。

白马关瓮城与远处的水关口城墙

白马关堡

白马关口此地向南约二三百米，是白马关堡。几代人选中此地，修墙建城，加强防守，对地形有着共识。川地南北狭长，城堡因地势而呈长方形，南北长150多米，东西宽六七十米，坐北朝南，设一南门。城门下面露出五层条石，錾得方正，上面垒砌的青砖还是原样，有风化，也有伤损。城门洞保存完好。上有石质门额，一米宽两米长，上书“白马关堡”，勾边阴刻，四方排序，如同印章。门下立有长城保护碑。今人在门旁用巨石雕成一匹白马，做了直白的诠释。城堡东面靠山，西侧流水，绿柳成荫，环境优美。

城门洞里，下面看到垒有七层条石，上面砖砌券顶，极为结实。城墙内侧均为大块毛石砌成，而外侧包着青砖。城墙包砖并非始建时所为，最初的城堡多是

白马关堡城门

就地取材，为毛石垒砌。按志书所记，嘉靖三十年（1551）曾修建过关口，看来应是那时对近在咫尺的城堡进行了修整加固。

白马关村有4个自然村，城堡是白马关自然村，有50来户，100多口人，城里城外各约一半，有些住户并不在此居住。城堡在搞开发，一进大门，迎面墙上写有白马关的文字介绍。中午时分，城内人少，可以在城内自由探看。进城不远，场地开阔，种有槐树，旁有古井，上面安装了电机，还在使用。此处是古时人们聚集的场地。城里有老房子，有的已有几百年历史，房山上露出裂缝。有空置房，住户不在，院内长出荒草。街上多处可见石槽、碾盘、碌碡等石器，摆放整齐，应是有意而为。向北走，灌木挡住去路，不能近前，打量着城墙东北角，已是残缺，约两三米高不等。

向回走，在一家门口遇到王青海。他55岁，在城里长大，家里的房子是老结构，1965年盖的，古城整体保护，想翻建已经不可能。别家还有新中国成立时盖的房子，均成为文物，不能随意而为。村里有马、于、何等几家大姓，而王姓居多。古井处的空场，过去有衙门。城内偏北处有老爷庙。城门外有菩萨庙，内有壁画。以前城墙四角有垛子，能在城墙上走一圈，上面还看到过铁球、铁箭头。村里老人记得：民国十三年（1924），这里发了大水，把城堡的西北角冲垮了。再

白马关堡城墙

后来城墙连同北面关口处的瓮城，在“文革”前后拆为现状。西面墙体存留较多，下面能看到 9 层条石，上面青砖垒砌，高处约有五六米。站在墙下，看着白石青砖整齐垒砌，坚实牢固，抬头仰望，壁立如山，攀爬攻打，束手无策，感叹古人付出的功力。

城内曾有登城马道。现在只有城门东南角处低矮，有土堆可以登上城墙。在这里能看出城墙的垛脚，为城堡结实牢固。墙上的垛口均已不见，墙顶上已经拆平，唯有荒草。望向城里，房屋井然，建造有先后，而方式多是传统结构，门窗、灰瓦、脊头，一地民俗传承，文化底蕴，统一整齐，有着建筑的韵律美。

抬头北望，两边大山对峙，夹持着的就是白马川，当年的古道。山路崎岖，惊险。关口就在不远处，古时争战会先在那里发生。百年千年，战事可以查数，不能计算的则为大山南北两面的交往。关口过往多是商旅、游客、行人。建造瓮城有战时的作用，还有平时的安全。人们南来北往，赶起骡马毛驴，推上小车，装上各类农产品，换回北面的毡子、毡帽、羊皮。古道上常有骆驼往返。城堡内外开有店铺，空场衙门处还开有酒铺，路人众多带来了商业繁荣。即使到了现代，每年秋后，人们依然走在古道上，把收获余下的粮食、农副产品及日常生活用品，换回关外盛产的土豆、莜麦等。

两山间的白马关城堡

自关口向北 10 余里，路边有商店，里面柜台摆放，经营的日常百货，土特产品，令人想起几十年前的合作社。是否存有旧时传统，人们在必经之地设立商店，不得而知。此地叫番字牌村，商店对面修起了古建大门。门外有市级文保石碑，上面写着“番字石刻”。门里是一座小孤山，长约几十米，石面上刻着多组文字。字刻有大有小，勾边阴刻，大字有 40 多厘米，小字也有 10 多厘米，排列整齐，行距分明，年深日久，笔画依然清晰。字形多为方块，笔画有横有竖有圆，一个也不能认识。当地村民称为“番文”。这些字是谁刻的，为什么刻？慕名而来的游客络绎不绝，不得其解。

对比当地民间有多种传说解释：祝福过往行人平安的咒语；少数民族祈祷能打胜仗的祷告词；魂灵的镇妖符等。后经中国社会科学院民族研究所的专家鉴定，这些文字有梵文、古尼泊尔文、蒙文、藏文，内容重复写着佛教的“六字真言”：唵嘛呢叭咪吽。还有一些小字落款“军队造”“孛马”，或纪年“阴火兔三年”等。有专家推测，这些番字石刻形成于元代。元代皇帝每年往返于大都至上都，走潮河川御道。过往行旅也会另辟通道走白马川。人员聚集之处，刻上些文字，符合教徒、军人、商旅等过往行人的需求。路边石刻并非此处独有，别处关口通道上也有出现。

番字石刻

传说故事多也是人员汇聚之地的佐证。宋人在北方一带抗辽，因此这里流传着许多杨家将的故事。杨六郎出征经关北，单枪独骑扼守关口，怎样分身，于是想出办法：自己把守住古北口；把枪插在另一关口上，当地人读音把“枪”念为“墙”，“枪子路”就成为“墙子路”；把自己的白马拴在白马关城门口，辽兵探子看到白马，不敢过关，吓退辽兵。白马关由此得名。人们还把白马传为故事。川里有一匹野马，雪白耀眼，凶猛彪悍。杨六郎在此遇到，征服野马，收为坐骑，征战沙场，无往不胜。故事多彩，口口相传，演绎出诸多版本。关口处山石亦为化身，美名将军石。其实，关口为明代建筑设施，于宋代并未出现。

白马关村的脊头

北化岭堡

白马关西南有关口相伴，为北化岭水关。北化岭名称多有变化。当地村民说，以前曾叫过北化石岭，叫着绕口，简化为北化岭。而志书上称为划车岭。这一带崇山峻岭，峰各有名，光绪《顺天府志》中描述：划车岭、杏树沟、瑶谷、白崖、滴水崖、石灰岭等六座山岭。其中划车岭最大，东西亘十里，且“白马关右倚之”。两关口相距 3 里，位置距离与志书相符。时间久远，边远山区，古今名称小有变化，也属正常。

北化岭于明永乐年间建起堡寨。《四镇三关志》上说：“划车岭寨，永乐年建，正关平漫，通单骑，冲。”明朝嘉靖年间筑起长城，光绪《密云县志》称之为“划车岭北口”，“划车岭南口”。北面的关口首当其冲，为加强防御，把寨扩充改修

北化岭城堡

为堡，功能有别。这在万历年间成书的《三镇边务总要》有记“今改修边堡”。城堡西墙便是长城，再筑三面墙，为现在的样子，尽管“改修”，依然背山面水，不失形制。

城堡建在山坡上，形状长方，不很规则，南北约长 90 米，东西宽约 60 米。城堡东北角有垛脚，坍塌严重，只存基础。东墙有豁口可以入城，却无城门迹象，权且作门。四面墙体均在，用大块毛石垒砌，高处五六米，低处两三米。当地人讲，此堡过去屯马。不论屯马还是屯兵，城堡建在北化岭坡上，翻过山顶就是划车岭南口，依然有支援作用。

山坡下为白马关河支流。河水涌过关门的景象早已不在，而今只在鹅卵石间静静流淌。长城连起两山，顶上敌楼耸立，关口坚固。有趣的是，关门外建有一座敌台，当地人说，可瞭望，可作战，作用犹如城墙上的马面。古人自有防御用途。

北化岭城堡后来逐渐演变为村落。北化岭沟原有一个生产队，属白马关村下辖的自然村，有约 50 户，100 多口人，1990 年前后，沟里发大水，北化岭村整体迁徙，城堡内无人居住。现在山沟让单位承包。城堡里种着农作物，一角还有鸡舍，增加了些许情趣。文物部门曾在城堡东北角残基处，发现过一个明代石雷。明人准备充足，防御全面。

北化岭城堡内

下营城堡

正如朱棣皇帝所料，明朝迁都北京后，来自北方的威胁不断增加，后来的继位者，自弘治年间，历经嘉靖、隆庆、万历，几代皇帝不断修筑长城。尤其嘉靖年间北方鞑靼强大后，俺答军多次在这一带侵扰，京城北部遭到重创。自此以后的皇帝又在重要的位置不断修筑城堡，有的扩大增高，成为营城。

白马古道是边关重地，仅有堡寨难担此任，向南约 5 里还建有营城，驻有重兵。《昌平山水记》载："自潮河川而西九十里为白马关，有城，二门，守备一人守之，有水关。"此地属于石塘路管辖，营城不能像路城那样开三四个城门，又比只开一门的堡寨地位高。城设"二门"，军事长官是守备，带兵统管，职位不低。重点防御白马关口，还要负责"边城一百五十五里"的防卫。这些长城是"嘉靖

下营城堡北墙看到的五层条石

三十年建，隆庆元年修。空心敌台三十六座，隆庆三年至万历元年节次建。”防御若大范围，设施完备。

此地处于白马关河一侧，四面环山。这个位置建造白马关营城，有防御纵深，适合指挥官在此驻扎。北面和南面有大片可耕种的农田，可以军屯，战时打仗，平时耕种，解决守城官兵的口粮。那么大的防御范围，要有兵力储备。边关若有战事，指挥官会根据战场变化，从营城调配兵力，补充人马。

营城依山傍水，并非正向，略偏向东，面积颇大，南北两边长约千米，东西两边长约300多米，梯形，北墙略长。城有西、南二门。北面无门，城墙上建有真武庙。北墙西北角下面存有五六层条石，约有六七十米长，其余已经难见形状。城墙已平，为上山小路，行走约300米，来到城的东北角，残墙下立有长城文保碑，上书：下营城堡。旁侧碑文介绍，墙角处建有角楼。如今残墙已少得可怜。

向山坡上看，还有墙体残迹，一直延续到山顶，约300米长，还存有角楼的残迹。这就比较特殊。已经是城的东北角，怎么向东还有那么长的城墙？原来墙体东侧还有一道城墙，连向营城中部，形成三角形，与城相依。这样建筑极为少见。古人想得周全，连到山顶的墙直到阻挡作用。顶部建起角楼，登高望远，观测敌情。围绕起若大三角地带，又是坡地，正可驯养战马。千米长的城墙迎向山

下营城堡南北主街

坡，难免遭到山洪，要有防范措施，斜墙应会起到减缓冲击的作用。可谓一举多得。

绕道西街，走到城南。南墙存有十几米，约四米高不等。墙对面为一户人家，形成过道，墙体得以存留。此处正是城堡南门。登上南墙四望，四面青山环抱。城内房屋连成一片，古迹已经不能看到。虽然营城只开两门，却把面积建得如此之大，可见战略地位不同一般。

文物消泯，何处寻觅。笔者于南门处，遇到几位老人。其中一位叫郭春福，65 岁。在他的记忆里，古城大致尚存，城东南角上有角楼，小时到上面玩过，城西门还在。对着南门与西门，形成南北、东西的主街。主街十字口向南建有钟鼓楼。那时楼体已无，基座犹存，约有 20 多米见方，10 多米高。下有门洞，开向南北，供行人往来。钟鼓楼的建造也是营城规模所在，若大城堡，发生险情，于城堡高处鸣钟击鼓，声响传遍全城。城内有衙门，在城的西北角。城内大小胡同有 20 多条，有东仓、小铺、鼓楼根等胡同名称。城里城外曾有真武庙、火神庙、马王庙、老爷庙、娘娘庙、阎王庙、龙王庙等十几座寺庙。西门外有井，供人们饮用。20 世纪 70 年代初，修城边公路，城门城墙古建被拆下做建材。“文革”前后，城堡逐渐拆为现状。

下营城南门处

白马关口、白马关堡、白马关营城，形成完整的防御体系。《四镇三关志》载："白马关营城堡一座，洪武年建。"称为"营"，是为屯兵，称为"下"，是与关口的白马关堡而言，上下结合，形成白马古道的防御。通往丰宁的大道，自然要驻重兵。光绪《密云县志》也把下营放在白马关正关条目中来记，"其南曰下营，外委戍之"。下营城堡今称下营村，依旧是周边的中心，下辖 7 个自然村，包括下营、井坑地、牛郎峪、响水峪、东苍峪、杏树沟门、南石片等村，500 多户，1000 多口人。下营自然村最大，有 180 户，380 口人。

有些自然村便是当年的关口堡寨，如白马关、响水峪关等，且都是永乐年间建造。从地图上看，白马关与古北口均处于北方的突前部位，又是关口要道，为游牧民族的攻击部位。万历年间，北方朵颜率部曾袭击了白马关。《方舆纪要》记："万历中，朵颜犯石塘岭，攻白马关及高家堡，官军御却之。"幸好明军防御有方，击败了朵颜的进攻。

下营村内

高庄子堡

高家堡相距很近，就在下营村向南约 10 里。现在称为高庄子村，是西白莲峪村下辖的自然村，有二三十户，六七十口人。村里老人说，村子以前叫高家庄。这就与高家堡相合。高家堡距西白莲峪关口很近，仅 1 里多远。堡门前有长城文保碑，上书高庄子城堡。白莲峪关口过去称白崖峪口。光绪《密云县志》“白崖峪口，险，仅通步，县北八十五里，在孟思郎峪口南。”又记，白崖峪口“东三里有高家堡。”。至民国《密云县志》时，出现了“白连峪堡，至县七十五里。”“高家庄堡，至县六十八里。”村名多有变化。城堡建在坡地上，东西长，南北短，略呈长方，存有四墙，均已残破。南城墙存留较多，有六七十米长，五六米高，大块毛石垒砌，西南角还在。城堡只开一南门，现已无存，于毛石中仅看到几块条石，建造简单。城堡内无民居，种满树木。村里老人说，城里以前是养马的地方。山上有一口风水井，现已填平。“文革”前后拆除了城堡。

高庄子城堡南门口

堡子根堡

白马关营城东北是响水峪关口，现在建成响水峪水库。关口下约 1 里，建有城堡。城堡建在山坡上，距下营村约 4 里。站在村边能看到半坡上的城堡北墙，几十米长，约有三五米高不等。东墙残破，布满碎石，有几十米长。其他残迹便湮没在坡地树丛之中了。村子现称响水峪村，是下营村下辖的自然村，有 168 户，330 口人。现在城堡南及墙外盖满农舍。进村在一条街上看到了一段东墙和一两米长的南墙，毛石垒砌。沿着东墙登上山坡，看到立有长城文保碑牌：堡子根城堡。村里老人说：城堡约有 150 米见方，城里以前住过养马的官。城堡外面是耕地。后来城堡内曾住进了一户人家。在 20 世纪七八十年代，这里建水库、修公路，用了城堡上的石块而拆残。

山坡上堡子根残城墙

白马古道，山势险峻，关口众多，城堡密集，之间若想形成紧密联系，当时最有效的方式就是使用马匹。一旦发生战事，能快速反击。名将戚继光曾分析过这里的地形后指出：平原利车，近边利骑，边外利步。三者迭用，可以制胜。边关山口，多养战马就能应对突然来袭的不测。想象着当年风云突起，士兵出击，战马嘶鸣的紧急场面，动人心魄。不知是否因战马养得多，是那次与朵颜争战的取胜原因之一。总之快速反应，在历来的作战中都占有先机。

边关古道，地形复杂。明代在此地做过军事统领的高官杨选作过《白马关遇雨》，诗中有“崚嶒石径黑云遮，雹雨风驱阻使车”的描述，有在大雨之中听到两山间“乍听高原林堕叶”的声响，看到了河水“即看曲涧浪生花”的景象。同时也有对边关军人“将校空山未有家”的慨叹。

自此向南，古道依然险恶。《方舆纪要》中有：“自汤河上稍正南行，顺白河至石塘岭，可二百里。山恶水深，称为天险。”文字描写了古道的情景，也见证了古道在当年的重要程度，所以设下重兵。至清代，边关地位下降，白马关营城由守备降为把总戍守。《畿辅通志》：“白马关在密云县西北八十里，有城，设把总戍守。”没有那么多的战事发生，不论边关将士，或是过往商旅，行走古道会安心许多。

堡子根民居

上峪城堡

京城有多少棵槐树，难以统计，大街小巷，星罗棋布，排排行行。因槐树而名的胡同有双槐树、龙爪槐、东槐里、西槐里、中槐里，还有槐柏树街等，没关的胡同里，槐树更为茂密，两侧枝叶搭会空中，宛若天棚。酷暑之季，树下走过，有着“中夏贮清阴”的舒坦。五月的京城弥漫着槐花的香气，薰出了乳名，叫槐花的姑娘大半是京城的，要不然槐树怎能成为市树。

古槐随处可见，高大粗壮，枝繁叶茂，感叹灵性，生出敬畏，人们爱护，强势的公路也要绕道而行。数量不好求，长老更难寻。谁是长者，于槐花飘香的季节，漫游全市，在密云的上峪村见到一株，高大之余，还有不同。树身有了空洞，中间做了填补，依旧多处扭曲隆起。岁月压弯了古槐的腰，向一侧倾斜，几根长

上峪城堡城门

长的铁棍支撑，似拄着拐杖，老态龙钟。这一侧长着粗大的树杈，唯恐主干担负不住，保护性锯掉，留下巨大的疤痕。树腰围缠着多条红布，村民已经把古槐视为一地长者，寄托着美好愿望，保佑家人平安。此槐生于宋代，已有千年高龄，被列为北京市一级古树。

古槐并非长在荒野，近旁伴着一座城堡。城墙特别，包着的条石竟有十三层之多。6 米多高的墙体，条石占去大半，之上的青砖显出可怜，这比仅有几层条石的城墙多了许多，极为罕见。用条石做建材，造价昂贵，取材、搬运、打造，费时费力，而垒砌起来，也就格外坚固。

城门也有不同，门洞凹进城墙体很深，约有四五米，战术作用明显，想攻打城门，代价极高，如同瓮城，利于防御。城门内也有特殊，建起两道大门，之间一道铁闸，晚上关闭两道城门，放下铁闸，漫说土匪坏人，就是战争来袭，敌人也别想进来。城堡长方，东西长约一百五六十米，南北宽约一百二三十米，只设一座东门。城墙四角建垛子，结实。城门上建有门楼，殿宇三楹，内供关帝塑像。旁边站着关平，还有拿着大刀的周仓。这样的城堡从物质到精神，做到了极致，谁人能够攻破。

城门外立着长城文保碑牌，上写“上峪城堡”，说明这里是古时军事防御重

上峪城堡西南角外城墙

地。而今城门处的条石已不完整，上面拆掉许多。门楼也已不在，新挂了一块“上峪古堡”的匾额。墙头用水泥砌着青砖，明显看出了修复。墙上原有垛口、女墙、射孔、望孔、马道，早已无存。20 世纪 40 年代，为了进出方便，在南城墙上开了个豁口。四面墙体还在，只是参差不齐。南墙北墙还有较为完整的地段，能看出墙体的结构，内侧是大块毛石垒砌，外侧依旧包着十三层条石。这样的城堡于现存中并不多见。

城内南北一条主街，两侧多是新房。有处门脸阔大，门下铺着六级宽大石阶，应是老房子。院内敞亮，正房三间。房基的条石也是旧物。房屋的门窗瓦顶做了修建。果然这是城内最早的住户。主人丛芳林，已 79 岁高龄。问起家事，老人说，祖上在明朝末年由山东逃荒至此，后来把城堡买了下来，率先住进城内。祖辈重视读书，爷爷是秀才，世代有着文化的传承。

院子角落存放着一块石碑，已经破碎，拼凑在一起，能看出形状，石碑长方，四周有纹饰，内容已不整，大致为重修城堡的时间，修建的人等，能看清“万历二十五年河大营秋防……原议城工七十四丈三尺，北接春防山东营……营房八十间。遵照原式修筑。本年十一月初八日”等字样，之后列出众多军政要员官职。照此分析，城堡是重修，成于万历二十五年（1597），形制按照原样，不能妄加

上峪城保存下的石碑

改动，而石材的多少不在限制范围，成为如今看到的样子。

最初城堡建于哪年？查阅《四镇三关志》，这一带长城关口都是在明永乐年间建，如“冯家峪关，永乐年建，通川谷一道，正关并迤西六墩空，俱通单骑，冲。” 冯家峪关是北方游牧民族进入京城的道路选择之一。上峪距冯家峪关很近，向西北约两里，城堡用于守御关口，应与关口同时建造。为何称上峪？从芳林说，这里距关口近，所以称“上”。坡下东南约三里是“下峪”，后来觉得“下”不好听，改称冯家峪。光绪《顺天府志》果然出现“下冯家谷堡”，再行五里是“上冯家谷堡”。上峪随着冯家峪关口而名，是“上冯家峪堡”的简称或俗称，与“下峪”形成一个防御体系，守住这条通道。

石碑当年又放在什么位置？从芳林说，石碑放在城门上，就是城门匾额。这又与众不同，门额处放着重修碑，果真如此，看来城堡以碑为额。再问起保存石碑的经历，从芳林说：日军侵略中国，占领过城堡。20 世纪 40 年代，这里打过仗，很激烈。城堡结实，八路军白天攻不进城，便乘着黑夜打，终于把日军打跑了。他家的房子也在打仗时被日军烧了，梁柱也残了。后来找来木料，接好了梁柱，依着原样修建，重新做了门窗。房屋山墙还是旧物，上面现在还留着弹孔。老人带着走到房屋侧面。三花山墙上，留有三个黑洞，当是很大的子弹，可能是

三花山墙上留着弹孔

“三八大盖”的。

石碑在与日军打仗时砸坏，散落民间，村里人拿它做了磨刀石。20 世纪 70 年代，那时丛芳林在冯家峪乡工作，有着文物意识，偶然看到一块碑石，便让村民再找，凑成现在的样子。前些年曾有人想把石碑运走，放到别处保存，他反对说，石碑是这座城堡的，拉到别处就不在原位了，要对这个城堡负责，硬是把石碑留了下来。

上峪现在是个自然村，有六七十户，100 多口人，城里住着不足 20 户，大部分住在城外。近些年，来这一带游览长城，观看城堡的人多了起来。人们有了文物保护意识，修复了东城门，并准备开发旅游，整体改造城堡，房子有可能拆掉。丛芳林处于矛盾之中，改善居住条件自然好，而曾有历史记忆的老房子消失，又难以割舍。

城墙何时拆的？丛芳林说，城墙在 20 世纪 50 年代初级社时就有拆毁。60 年代修半城子水库，拆走了大量条石。城门楼也在那时拆毁，塑像被砸了，周仓拿的那把关公大刀也被搬到邻村，之后不知去向。城西是座小山，上有一座敌楼，用于瞭望，站在那里可以看到远方，发现敌情。敌楼下面条石，上面砌砖，以前

城堡民居

十分完整，一块砖都不缺，现在只剩很矮的一截残楼了。

明代的上峪城堡，为何建得如此固若金汤？石碑上记的“营房八十间”应是重地，屯兵不少。从芳林说，城堡还是屯粮、囤积军饷的重地。关口设有水旱两门，一走人一走水，因地理位置重要，常有北方骑兵侵扰。关口上发现过铁箭头、石雷等兵器，还曾有两门铁炮，附近别处关口没有，足以说明这里的重要程度。从芳林听说铁炮拉到京城，曾到国家博物馆、军事博物馆寻找，想看看上面有无与冯家峪相关的文字，却没有找到铁炮。

这里还是宝地。东山上有金矿，日本人掠夺，挖了好几年。20 世纪 70 年代，那时乡里也组织过人开采。城堡东门外有娘娘庙、土地庙等。娘娘庙算是现存最早的建筑，庙有鼓楼、钟楼。娘娘塑像有金身，20 世纪 40 年代把塑像推倒。现在还有三间正殿。城内西侧有井，后来有人跳井，便不用了。城门外 200 多米有凉水泉。吃水到城外，或饮用河水。新中国成立后，在泉旁边挖了口井。井水奇怪，冬暖夏凉，肚子疼，喝了就好。

城非正向，随山就水而建，背倚小山，面临小河。水是白马关河的支流，犹如护城河一般，自城东流向城南。如此好的形制，选址之前，建造者一定做过考

上峪村娘娘庙

察。当地人传说，先有核槐后有城。河边的槐树及旁边的核桃树，一定进入建造者的视野，那时已很古老，地形的原因，城堡与河水保持了距离，核槐得以保存，算是巧合。核桃树在约 10 年前死掉，有人在原位种了一棵，长得并不好。旧时，北方门前院内，常植槐核，有着吉祥寓意。

古人讲究堪舆，此城于无意中，是否因古槐而得到重视，修复得如此特殊；槐树也因城堡有了依托，村民视为神物，成为崇拜，载入人文历史。

槐与城相得益彰，也就有了京城之古，不同凡响。

城外白马河支流

冯家峪堡

冯家峪村大姓是刘郭张，并非冯姓，与常规相悖。村子下辖 3 个自然村：冯家峪、上峪、蚂螂峪，310 户，665 口人。若按自然村，有 113 户，186 人。当地人说，村名源于战争。传说曾有一位将军率兵，在村北一带与辽将争战，衣甲撕破，现在那里谐音称为司营子村，经过此地，缝补衣甲，因此称作“缝甲峪”，谐音“冯家峪”。还有人把故事编排得更为生动，说这位缝衣甲的将军是穆桂英，在白马关外一次激烈的战斗中，盔甲撕破，仍然跃马，力杀辽兵，趁三军打扫战场空隙，在村子边缝补盔甲，如此等等。

故事是演绎，而冯家峪确有其名。这里是重要的边关隘口。村西北 5 里之外，地势险要，峡谷山口，明朝人在通道上建起军事防御设施。《四镇三关志》记载：

通往上峪的古道

“冯家峪关，永乐年建，通川谷一道，正关并迤西六墩空，俱通单骑，冲。”因河水从这里穿过，关口处修筑长城，建起水关。现在崖壁上还残存着几层条石，是水关留下的遗迹。路边立有长城文保碑：口门子水关遗址。

关口两侧的山有几十米高，顶上建有空心敌楼，西侧的敌楼上建有楼橹，即敌楼平台上再建望楼，别看房子不大，在军事上有着重要作用，可以瞭望敌情，遮风避雨，储藏兵器，发射火炮。带楼橹的敌楼罕见，探看也就更有欲望。

山并不高，没路，险陡，灌木丛生，攀爬艰难。敌楼建在山顶巨石上，四面各开三个箭窗，基本完好。东西两面各一箭窗显出高大，原来是进楼之门，外侧能看周边加了石材。内侧条石两侧有杠窝儿，门下有柱脚窝儿。门口距山体有一人多高，没有阶梯，想进敌楼十分困难，当年要用绳索或木梯出入，这是军事防御的需要。

敌楼内部保持原样，有隔墙分为内外两层。内外层用砖砌券顶，以承担起二层的楼台。楼内存有插旗的石座，立碑的石趺。有砖梯可以上楼。楼橹顶部也用砖起券，四面的墙经过修复，残墙上补砌了新砖。向北开有一门。屋顶斜檐上做了兽雕，装了避雷设备，完整的楼体。有人起了好听的名字，称为完美楼。敌楼四周的垛口已经所剩无几，只是西北存有一个角，还是原物。这样也好，能看出

冯家峪城堡东墙

当年的样子，留下历史的痕迹。

完美楼的选位非常好，举目四望，群峰皆在目中，东西两面，敌楼密布，长城蜿蜒，只是残损严重，隐约看出走势。向下望去，北面被称西口外，道路开阔，“通川谷一道”皆在目中。河水与路并行，自西北涌来，在山脚下转弯儿，画出一个半圆的弧线，再向东南流去。水关口截在最窄处，可谓煞费苦心。

河水称西口外河，穿过群山，流向关口内。为保关口不失，屯下重兵，建起东西两座城堡，或称上下两座城堡。《昌平山水记》等多部志书中记述有“冯家峪堡”，均没有具体细分出东西，或上下两座。而光绪《顺天府志》则分别写明“下冯家谷堡”与“上冯家谷堡”，说明存有两座城堡，且在清末光绪以前这里成为两个村落。如今距关口近的在西，依旧称为上峪。较远的在东，已逐渐叫为冯家峪村。两个村名均有省略。1953 年行政规划，此地设乡，名为冯家峪乡，驻地就在村旁。冯家峪村便为乡内下辖村了。

村内城堡现称冯家峪城堡，建在路口，北面通向白马关，西北通向冯家峪关，处于两个关口的交通结点。城堡长方形，设一南门，南北长约七八十米，东西长约 120 米，建在坡地上，背靠山。山上有哨楼。现在存有一段东墙，高三四米不等。北墙在坡上，长二三多米，墙高两米左右不等。墙体内侧均为大块毛石垒砌。

冯家峪完美楼

西墙拆平，已为通道，有幸遇到村民，才在路的下面，隐约看到几块墙上毛石。城墙在“文革”前后逐渐拆除。南墙无存，现为村党支部所在，大门处即为城堡南门。有长城文保碑立于东墙外。

城堡应与上峪为同一防御体系，守住关口。而城堡建造的水平远不如上峪。村里老人并不记得有过寺庙老井一类的古物，只听说以前曾称为马圈。现在城堡内外住满村民。城南有西口外河，汇入城东的白马关河。河水无多，而两条河与两条道路交汇，又是镇政府所在地，带来了这里的繁荣，至今还有集市。

白马关河从村东流过。村北一座小山，高近百米，三面环水，人称独秀峰。峰顶一棵百年老松挺立，湖光山色，景物秀美。沿石阶登上山峰，无限风光，又是一番景象。河水伴着古道走过了千万年。今天的美景，古时的险要。

白马古道上的独秀峰

石佛城堡

白马关河奔流向南，半路有个转身，折向西北，只因有座小山而绕行，地名石佛。如何有了这个名字，当地人说，山上有石颇似佛形，由此得名。无人见到，不能妄言，而地形却是军事上兵要所在，古人在这里建筑城堡，清代《畿辅通志》上有记述，光绪《顺天府志》中又加上儿音，称石佛儿堡。

石佛城堡背山面水，随地形而建，并非正向，朝南偏西，长方形，东西长约 90 米，南北宽约 50 米。墙体用毛石与鹅卵石建造。城堡残破久矣，20 世纪 40 年代便有拆毁。东墙已为平地，北城墙与西城墙还有残存，几十米长不等。南城墙存留较多，站在城外能看到四五米高的墙体，当年顶部垛口、女墙、射孔、望孔、马道均已无存。南城门宽约两米，高约三米五，虽不完整，却还残留着砖券。

石佛城堡南门内

门洞下两侧存有六层条石，白灰勾缝，竖缝相错。城门比城墙要厚，有约 4 米。有人说，城堡曾有北门，却无人见过。城堡西南有庙宇，现无遗迹。

城堡现为石佛村，北墙外靠山修出公路，南门外临着白马关河，地势北高南低，城内比城外高许多，从南门进到城里要上高坡。内城墙变矮了，踩着堆放的柴禾垛可以登上。南墙顶部有约 3 米宽，杂草丛生。北望城里，房舍连片，村里有 60 多户，100 多口人，住满城堡。南面河上飞架拱桥，称石佛大桥，桥身塑着五角星，还有“毛主席万万岁”字样，令人想起那个时代。大桥于 20 世纪 70 年代中期建成，现已为文物，停止走车，旁边另建新桥，以便通行。这里是路口，向东通往不老屯。路口关卡，必经之地，城堡地位不言而喻。

城外村边，筑起墩台，上书“冯家峪”，两匹汉白玉白马跃然台上，高大威猛，地标明显，这是镇的门户，也是去冯家峪村的必经之地。

白马关河与雄关古道相行相伴。河水流不尽，古道故事也说不完。

石佛大桥架于白马关河上

石炮沟堡

石炮南城

幼时的栗子诱人。秋意渐凉，天光转暗。糖炒栗子——吆喝声弥漫在店铺前。白炽灯下，主人手拿大铲，搅动铁锅，油光的栗子伴着砂粒上下翻腾，“啪啪”作响，焦香栗香甜香一股股袭来，走出很远还在鼻前萦绕。

偶能问津，兴奋异常。刚出锅的栗子扤进牛皮纸袋，捧在手中，热腾腾，暖到心。家人分享，得到若干，不舍得一次吃光，慢慢消受，剥出果肉，金黄香甜。手弄得黢黑，心中不解，糖炒的就是甜，只是粘在皮上，糟践了。

近些年，栗子个头大得惊人，炒制也用上了电动机，轰轰作响。栗子皮不糊，

石炮沟南城堡一片栗花

还能炸开，露出黄肉，好剥多了，幼时的感觉却淡薄了。口味高了，品种变了。栗子细分，有板栗油栗之别，板栗个头大，油栗个小，没经嫁接，香甜面干，味道正宗。卖倭瓜常以此自夸吆喝：栗子味的老倭瓜——旧时多是油栗，产于京城北部山区。

于油栗早有所闻。20 世纪 70 年代初，日本首相访华，突然想起栗子。于是联想到抗日英雄白乙化。他曾任八路军晋察冀军区第十团团长，指挥有方，英勇善战，人称“小白龙”，1941 年在马营战斗中不幸牺牲，年仅 30 岁，被誉为“民族英雄”。此地建有纪念馆并立碑，萧克将军手书：“血沃幽燕，名垂千古。”

十几年前笔者曾编发过抒写白乙化的纪念文章，带着那期杂志去拜访漫画家李滨声先生。先生翻看到那篇文章说，与白乙化是北平中国大学的校友，并翻找出一张老照片。记得白乙化头戴白色礼帽，蓄着络腮胡须，身材高大魁梧，真是一员猛将。那时条件所限，留下的照片极少，十分珍贵。共同感叹，相见恨晚，编稿前若来拜访，就能在密麻麻的文字中加上照片，版面效果会更好，也为读者提供英雄的形象。

马营处于山区，有马营城堡，古称骠骑堡，位置在石城镇，已没于密云水库之中。这一带是栗子的产区，于栗花盛开的季节，颇想探看。这个愿望存有多年。

石炮沟南城堡上百年栗树

怀柔有条栗花沟，盛开时季，满沟烂漫，蔚为大观，一直想去拍片，没能成行。而看石城镇的栗花另有魅力，多了人文色彩。石城北部，进入一道山沟，处于山岭深处，名叫石炮沟。沟里坡上长满栗树，高低错落，自在恣意，不经意间发现了百年以上的老树，竟有几十棵之多，立时增添了古意。

在一棵栗树前停下来，树干笔直，树冠阔大，覆盖面积上百平方米，老当益壮，活力四射。我询问当地人，不知百年以上还要有多少年。相邻不远，还有一棵，树干更为粗大，树皮干皱，枝有枯萎，比那一棵苍老了许多。老辈人就看到过这棵栗树，谁也不知年龄几何。两棵古树依然开花结果，个头不大，极甜。当年抗日将士在这一带山区战斗，古树也应繁茂，果实依旧香甜。

走向山坡，有长城文保碑立于旁边：石炮沟南城堡。原来这里有古城堡。四周寻看，却看不到城墙，已为平地。内里种满栗树，年头不长，就像年轻的士兵，队列整齐有序。油绿的枝叶间伸出串串小花，密密麻麻，洁白淡雅。拉过一枝，探身凑去，暗香飘过，竟醉出了幼时的栗香。

地面是坡地，有毛石垒出梯田坝。走到坝下，看出了垒砌的毛石，排放整齐，错落有致，大约有 1 米多高，几十米长，天成坝体，城墙得以存留一段。细看墙体，毛石碎小，城堡建得并不讲究。遇到上山做活儿的郑凤林，49 岁，对村情熟

石炮沟南城堡残墙

悉。他说这一段是南城墙，东面、西面还有一点残墙，也难以分辨。城门开在哪个方向并不清楚，村里老人也只看到过一个豁口。城墙很早就有拆除，村里人盖房垒墙，随时拆取石块，“文革”前后基本消失，成为这片平地。城堡面积不大，东西约有 100 多米长，南北约有五六十米宽。这里少有人住，还是过去日军进村时，村民四处躲逃，有人藏到城堡里。人们还是居住在村里，相距约有四五百米，那里也有城堡。

山上搞起种植，村子在山下。石炮沟是自然村，有 68 户，113 口人。村里老人说，这里有石炮，比常见到的铁炮要小些，特别重，80 多岁以上的老人见过，现在并无实物。也有人说石炮指的是石炮弹，有人存有这种石炮弹：圆石上有个孔，可以填充炸药，如同石雷。实物难寻，不过城堡是驻军的兵营，军事前沿，山区石头多，就地取材，做出石炮石弹也在情理之中。

村子建在沟壑山根平缓处。草丛之中看到了长城文保碑：石炮沟南城堡。碑身倒在地上。这碑牌本应立在山上城堡旁，那里少人经过，便立在村里。村有老井，还在使用，抽送到各家，成了自来水，去井边打水的人少了。村里有不少老房子，个别的在近些年翻了新。

石炮沟北城堡老民居

石炮北城

一片空地，堆满红砖，像是在盖房子，暂时停工。于红砖堆中翻刨，看到了下面的长城文保碑：石炮沟北城堡。城堡建在这里，若干年前，还有一段 1 米多高的西墙，现在空空如也，痕迹皆无。据介绍，城堡长约 100 多米，宽约六七十米，面积不大。仔细打量这片坡地：北靠小山，南临小河，形制不错。村里人没见过城门，按常规应面对小河。城堡对岸有座土地庙，仅一楹，一门两窗。门上有对儿门当。门扇已经破损。一侧窗堵砌，抹上白灰；另一侧还是原装，窗棂老旧，却还完整。房梁上有彩绘，时间久远，色彩黯淡。檐瓦有损坏，几个椽子突露。庙宇未经维修，依然可以遮风避雨，也是难得。

石炮沟处于白马关长城的西南，与冯家峪关口仅隔着一道山梁。当地人说，此地四面有城：西面是长城，距离二三里路，有约一刻钟就能走到；东面是石佛城堡；北面有石炮沟城堡；南面有西湾子城堡。所以村里传下老话："上有城，下有营。"石炮沟居北为上，南面的西湾子城堡可能为驻兵的营城。这话要若再往远处说，北边有白马关城堡，南边有马营城堡。这一带有许多穆桂英的传说，还有关于金鸡的故事等等，很是神奇。

石炮沟北城堡铁桥

当地老话引起好奇。查阅《日下旧闻考》，有“营城岭，山险，止通步”的记载。光绪《密云县志》也有：“营城岭口，通步，县北六十五里，在冯家峪口西南，有堡。”西面长城山岭有翻越大山的通道，当地人并不记得山上有关口。骑兵不能行走，只能徒步，行走艰难，关口作用减弱，城堡也就建得简单。自此向南二三里，有迎城岭村，“迎”与“营”文字不一，读音相同，村名与营城岭相合。如果按当地人传下来的老话，石炮沟城堡在北面，那两座城堡是为守护营城岭关口而建了，或者说是营城岭的上下两座城堡。

石炮沟北城堡外水沟

西湾子堡

营城岭口处于冯家峪口与黄崖口之间，三座关口一字排开，紧密相连。黄崖口在西南，关口通畅，能通大队人马，比营城岭口危险许多。《日下旧闻考》记：自营城岭口向西南“又五里至黄崖口关，正关通单骑，冲，鲇鱼石墩空，通单骑，余通步。”有名称的墩台并不多见，能走骑兵的道路显然重要，建有城堡。光绪《密云县志》记：“黄崖口，通步，县北六十里，在营城岭口西，有堡。”现在把黄崖口称为黄峪口，城堡建在关口内。与黄峪关口最近的是西湾子城堡，相距二三百米，因在河湾西侧而取名西湾子，黄崖口的这座城堡也就随之而名了。

西湾子是个行政村，下辖石炮沟、迎城岭、西湾子、鲇鱼沟、高家岭、东湾子等 6 个自然村，共 447 户，约 766 口人。若按自然村算，西湾子村 74 户，139

西湾子城堡南城门

口人。西湾子城堡在一座小山上，有河绕流城下，光绪《顺天府志》中称为“蛇鱼川”，名称沿用至今。

此地明代属石塘路管辖，处于石塘岭北部，山势复杂，地形险要，关口众多，重点布防，城堡密集。清《畿辅通志》更为明确记述周边城堡关口：石塘岭关“西北为黄崖口，有堡。其东为高家庄，又东为石佛、冯家峪皆有堡，又东为白马关”。这与村里流传的老话相似。

沿坡猫腰登上小山，猛抬头，透过树木，一座高墙矗立面前，足有五六米高，巨大的毛石层层垒砌，下面露出四五层条石，排成长长阵势。在坡下仰望，更显威武森严，让人立刻想到了关口的重要，会有更多驻兵，与石炮沟城堡的碎石墙体形成反差。这是城堡南墙，常年经雨水冲刷，一处墙脚已经坍塌，露出墙心碎石。南门处立有长城文保碑：西湾子城堡。城门已无，拐角处条石形状特殊，能觉出是为城门錾制。

城堡建于坡地，随山就势，南北长约 80 米，东西长约 120 米，形状并不规则，西北角呈弧状。坡度陡，内墙矮，可以登上南墙寻看。东西两面随山势而上，保存着三五米高不等的墙体。北墙上灌木丛生，有一处踩成坡状，可以登上。连接毛石的白灰粘在墙上，试探去掰，纹丝不动。北墙外面，坡下陡直。沿蛇鱼川

南城墙外墙因雨水坍塌

河前方不远处是黄峪关口。关口狭窄处，两边各建一敌楼，卡住通道，居高临下，任凭千军万马，插翅难飞。这里曾发现过一门竹节铁炮，防御可谓完备。20 世纪 50 年代修密云水库，曾拆去一座敌楼。望向西北，高山之巅，敌楼耸立，城墙与险峻山石连为一体，构成长城屏障。关口外为另一村落，称黄峪口村。

城堡独立于小山上，利于军事防守，日常生活多有不便，所以村民在坡下平缓之地居住，与城堡隔河相望。城堡早有拆毁，且是个逐渐的过程。20 世纪 70 年代办过小学、中学。坡陡路滑，墙体还有围墙作用，没被全部拆毁。城堡可能准备搞些什么，城门前挂着木牌，上书“情意自然教育基地”。城内山墙上书写着“情意自然生命成长学院”。若借助城堡的文化资源，再建住房、休闲的木架走廊等，栽种树木花草，是个休闲的好去处。

城堡外山坡上，栗花也开得正艳。据统计，西湾子有上千亩的板栗。这里地处燕山山脉，气候、水质、土壤适合板栗生长，栗子也久负盛名，古时即有栗树。明代戍边将士应有配额口粮，深山老林，洪水暴涨，或有运送不便，栗子亦可充饥，或许救命也未可知。漫山树木，唯有栗子可以饱腹。因此心中有了疑惑，那棵苍老的栗树是否为边关将士所栽，或是后代种子的衍生。这种功能一直持续着，几百年过去，抗战将士风餐露宿，条件艰苦，是否也食用过栗子。靠山吃山，大

北城墙上西北望敌楼

山养人呵。

栗树适应能力很强，山区平原都可生长。平原种植树木，因品种太多会另有选择。印象中栗树似乎多长在山区。《诗经·小雅·四月》里有句“山有佳卉，侯栗侯梅”，意思在说：山上有好花卉，又有栗树又有梅树。遥远的古代，栗树也于山上种植，几千年来为文人雅士吟咏，而果实又为边关将士食用，时至今日，则成为普通大众的休闲美味。

西湾子城堡西侧有小河

水堡子城

水关城堡

石塘岭向南 5 里有条河，名东水谷。河水东流，川行峡谷，由此得名。峡谷盘曲，三面山势壁立，从《日下旧闻考》描述“东西南山俱陡”即可知。水少时为大山内外通道。明人警觉，永乐年间，巧用天险，于极窄处建起关口。《四镇三关志》记：“东水谷关，永乐年建，通川谷，正关，通单骑，冲，余墩空，通步，缓。”能走骑兵的山谷定然重要。

站在关口观望，长城自北而来，南去利用陡峭山峰，连起一道天然城墙。山顶建有敌台，几百年的风霜雪雨，西侧一面风化，东面墙体依然挺立。相邻山顶又一座圆形敌台，极为少见，只是大部分坍塌，所存无多。关口建有关墙关门，

水堡子关口宽阔

渐有拆除，1969 年洪水冲击，为灌溉截流，又拦起水坝，残迹便完全消失。

于关门处探寻，河床几米深，北岸有长城文保碑：水堡子水关遗址。石壁上凿出一个五角星，下方辟为平面，涂着墨色，让人想起几十年前的语录板。是否会有古迹设施，笔者正在踌躇，遇到老人吴财方。他属马，65 岁，热爱村史文化说：关口内 200 多米处有小城堡，里面曾有房屋地基，现在还有明显的西墙北墙。因在河水南岸，村里人习惯称为南城子。

跟着老人过河向东，走上山坡。坡地垒砌梯田坝，种着庄稼果树。走到山根处，有一段毛石墙，约 1.5 米宽，芯为碎石。他指着残墙说：这是城堡的西南角。城堡南墙紧靠山体，西墙上有大块毛石，约有一两米高，若是农家梯田坝，不会有巨石，垒砌也不会那么平整。西北角墙体与地面持平，存有几块城墙基石。纵看北墙，并不笔直，略有弧度。打量城堡面积，约有四五十米见方，沿河东西向可能略长。

城堡应伴着关口而建。河水涨落起伏很大，亦无平地，城堡便选择地势较平缓的坡地，背靠小山，面对河水，城门开在北墙上。老吴说：城堡东面有一片空地，村里人称校场，当年城堡有驻兵，操练兵马。

城堡如此之小，平时看守关口，驻兵无多，若敌兵来袭，不能应对。关口内

七月的大水冲塌了关口处路面

相距二三里还有城堡。光绪《密云县志》记“水峪口……有堡”。光绪《顺天府志》明确写出名称“东水谷堡”。老吴说：城堡还存有一角。这话令人兴奋。于是我们沿河向东，先看到山体上的涵洞，那是 20 世纪 70 年代开山，修通京承铁路，连向南面的黑山寺等村落。相邻是公路，1958 年修密云水库时所建，2010 年前后又新建了跨河大桥。

水堡子城

再向东就是东水谷堡，现已成为村落，称水堡子村，有 337 户，618 人，日寇侵略时曾叫水家堡子，现称水堡子城堡。东水谷河在村南流过。城墙拆平，利用墙基作为房基，盖满房舍，形成纵横的胡同，只能凭空去想象城堡的周长。

城堡仅存东南角，垛脚垒砌着 11 层巨大条石，下面一层基石，旁边立有长城文保碑：水堡子城堡，随村而名。老吴说：11 层上面还有一两层条石。垛脚上面建有房子。城墙上有垛口。城堡四方，开一南门，上有门额：东水谷堡。城门洞里宽敞凉快，村民在这里休息聊天。正对城门为主街。以前墙上可以走人，有砖铺的马道，小时候还很完整，能在城墙上走一圈，20 世纪七八十年代拆除了。

如此之多的巨大条石，开凿平整，证明了对修建城堡的重视。拐角处垒砌出

水关城堡北墙

垛脚，加固了墙体，任凭敌人攻打，坚不可摧。条石墙角高大挺拔，棱角鲜明，如同巨锏，指向天空，如今虽已残断，依然不失锋利，令人胆寒。

城堡以前应为驻兵，清代军事作用消失，渐为民居。张孙两姓率先至此，吴姓来得稍晚。城的中间位置最好，东南角也不错，西南角最不好。这与此地讲究的风水有关。城里有庙，很早就没有了。城里无井，以前村民喝的是城南河里的水。城堡曾办过小学校，老吴在这里上到了五年级。能办学校的村落是这一带有影响的大村，这与城堡历史不无关系。走在村里，老房子很少，只存有五六十年前的房基与院墙。城堡的西北角能看到房基下闪露出的巨大条石，并不引人关注，却是城堡范围的实物档案。

有修石塘路东水谷城堡刻石，长方形，嵌在城门内侧上方，如同碑额。20 世纪 70 年代拆下，幸好完整，十分珍贵，现保存在密云博物馆。碑文提供了重要的资料，能知建城时间，城堡面积，建筑形式等多种信息："万历四十四年春防河大营官军派修石塘路大水谷下地方东水谷三等堡城一座。周围连门洞一百三十丈，底阔一丈一尺，收顶八尺，高连垛口二丈，上盖门角房五间，马蹬礓搽二道。遵照原行，如式修筑，于五月十六日通完讫。"文后还有各级官员名录。垛脚上有门角房，城墙上有垛口、马道等，这些与老吴的记忆相合。

水关碑与语录牌

旧城遗址

老吴说：水堡子东面还有一座城堡遗址。这让人更为新奇。向东约 200 多米，老吴指着这条通向水库的道路说：这就是城堡遗址的北墙。地上的几块砖就是城堡的西北角。墙用毛石垒砌，块大的有半吨重，有的超过一吨。北墙上拆下过一个大石臼，足有六七百斤重，修墙时征来农具，可见建堡的重要，墙体的结实，或许还有一段生动故事。

地基有 1 丈多宽，据此推算，城墙高要在三四米以上。城堡方形，边长约有八九十米，前几年有残迹，能看清四至。北墙高些，有约 1 米。城墙内还有不多的房屋地基。这几年种树，把墙基拆平了。打量着这片平地，想象着绿树遮掩下过往的拥有。

此地古老，城南的山顶上有扎帐篷的遗址，为北方游牧民族所建。元明时期可能有过蒙汉杂居，也有过战争。南山根处有山洞，可以藏人。村里姓邓的家人藏在洞里，躲过战乱。明朝建城堡前，那里是个几户人家的小村。邓家是占山户，最早来到那里，后来成了几十户的村落，光绪《顺天府志》与民国《密云县志》中记载有“邓各庄”。新中国成立后附近一两里地的村子合并到水堡子村。1958

水堡子城堡东南角

年修水库，村民搬迁走了，留有遗址。邓姓有两户搬到水堡子村。1969 年洪水凶猛，河水改道，成为现状。村落遗址也冲毁殆尽。

如此相近的地方怎会筑起两座城堡，面积又大致相同？细看城记碑文，其中的“遵照原行，如式修筑”耐人寻味。一般修筑城堡多是维修扩建增筑，而此堡有了不同，“原行”是什么？“如式”又是何样？

2019 年 8 月，石城暴雨，河水猛涨，关口河岸滑坡，柏油路面断裂。河上的小桥冲垮塌陷。老吴说：1969 年的洪水比 2019 年还要大，公路上的大桥也被冲毁了。间隔 50 年，两次发大水，几百年间是否还会有类似或更大的洪水。城堡临近河水？地势会低，不得不防。数据显示，东面那座城堡西北角海拔高度为 153 米，而水堡子城东南角海拔高度为 160 米，处于地界儿高位，落差 7 米，对于防范水灾作用不小。是否与这个原因有关，促使城堡修建时移位，值得进一步研究。

万历年间，这一带受到北方游牧民族的袭扰，需进一步加强防御。新修城堡保持“三等堡城”的规制，“遵照原行，如式修筑”。旧堡城的石材搬运 200 多米，虽然费力，却不用四处寻找，省去时间。而包砌巨大条石，造价提升，却结实牢固。防务之需，不在规制之内。

东侧城旧址

北白岩堡

溪翁庄充满诗意，脑海中浮出画面：清澈溪水，长髯渔者，摇橹泛舟，荡漾山水。另幅又快速闪出：烟雨朦胧，蜿蜒溪水，身披蓑笠，垂钓岸边。而那幅“独钓寒江雪”似乎来得更为简洁，白纸如雪，只需勾出几条墨线，干净直白，意境深远。还是水边的姜太公来得智慧，用直钩钓来世上最大的“鱼”，成为辅佐君王的重臣，留下“愿者上钩”的趣事。

溪翁庄本为村，现在扩为镇名，北濒密云水库，那里的鱼颇有名气。以前我曾去垂钓，盯漂时想起了姜太公，弯勾尚且不上鱼，别说用直勾了。弗如的还是智慧，设计好了文王的必由之路。用心良苦，耐心难为。清代皇帝每年往返古北口，不好说每次从溪翁庄经过，水边却无姜太公再现，后人难及古人。

北白岩村望见山上的中国印

溪翁庄向西便是明代边关，密云西北若遇险情，调兵遣将必经此地。至清代，村落称为旗鼓庄，不免让人幻想出了旗鼓相当，刀光剑影。而金戈铁马退去，当地人将村名音转为齐各庄，再转为溪翁庄，语音变化，书写不同，有了诗的意境。这在民国《密云县志》上有记："溪翁庄至县二十五里，即旗鼓庄之讹。土称齐各庄，音犹近之。"

掠过溪翁庄的湖光美景，西行几里便是崇山峻岭，明代边关。山势自北而来，在这里转折，向西而去。山岭险要，筑起一道天然长城。最高的主峰当地人称为北大山或北山。山石上镌刻出变形的"京"字，这是 2008 年奥运会时烙下的"中国印"。

白岩内城

北白岩是个大村，有 1300 多户，3000 多口人。尖岩村是修建密云水库时迁徙至此，成为邻居。北白岩村存有城堡，建在村边西北的一块高地上。城东侧开一豁口，墙外立有长城文保碑：北白岩内城堡。城为长方形，南北长不足 200 米，东西宽近于 100 米，据当地老人讲，以前主要存放粮草。城墙有四五米高，20 世纪 50 年代末以后，城堡砖石先后有过拆除。至 20 世纪 70 年代，城内办起北白

北白岩内城曾经的城门

岩中学，城墙逐渐拆净。台阶下有一块条石，似为城墙遗物。地上长出荒草，让人产生“城春草木深”的意象。

幸好遇到郭付利。他 58 岁，喜欢历史，热爱村内文物，小时看到过城墙，那时约 1.5 米高，外用条石，内为夯土。东城墙外是个大坎子，下有一深沟。有人说城堡设南北二门，而他却没见过。城内空置房屋多年，那是过去的教室、办公室和宿舍。郭付利在这里上完了初中。

村里以前有戏楼，还有城隍庙龙王庙等，最大的是宝泉寺。站在城堡内望向村内，民居连成一片，北白岩与尖岩二村已与难分边界。村民住在城外。郭付利指着兀立屋顶之上的一棵松柏说：那就是宝泉寺。于是走向古树，我们拜访见证城堡的老者。村委会和幼儿园的位置就是寺址。幼儿园前身是小学校，郭付利曾在那里就读小学。

柏树立于院子中间，树冠高大，身体粗壮，中有空洞，填满水泥做了补救。郭付利小时能钻进树洞，爬到树腰处。洞内还有马蜂窝。树身有园林部门贴的标牌，侧柏约有 500 多年高龄，为明代种植，北京市一级古树。古树围着护栏，内有一门墩，为寺庙门前所用。树前有一卧碑。郭付利说：柏树后是寺庙大殿。大殿前有一东西走向的廊子，卧碑原来放在东头墙上。古寺甚至古城就留下这些文

北白岩内城曾为学校教室

物了。

碑文漶漫不清，仔细辨认，题头有“古柏颂”，文前有“康熙丁亥夏遇宝泉寺观殿前古柏”，结尾落款有“范承勋”字样。范承勋是何许人也？此人乃宋代文学家范仲淹之后，清代的要员，官至兵部尚书。其父为清初名臣范文程。范承勋如何到这里写文？原来他在邻近的青甸村建有别墅。光绪《顺天府志》记：“青甸庄有范承勋清溪别墅。”范承勋平素喜松，多有种植。这株柏树历经几百年，落入他的视野。

古柏颇为传奇：寺院北的山间有一眼清泉，被当地人称为“宝泉”，寺因此得名。古柏枝繁叶茂，郁郁葱葱，有人说得益于宝泉的滋润。后来泉水日渐减少，直至断流。古柏渐渐枝干叶落，枯萎至死。寺僧准备卖掉此柏，修缮殿堂。将砍伐之时，住持僧人又觉实在可惜，重新计议，决定募资修缮寺院殿堂。殿堂刚刚修好，奇迹出现，古柏复生，枝叶如初。

清康熙四十六年（1707），兵部尚书范承勋来到密云，路过宝泉寺，见到古柏壮硕，颇为欣赏，又听到僧人讲述了这段非凡经历，拍案称奇，感慨良多，当即挥笔写序作诗，记录了这段故事，请丁刻石，留下此碑。碑文中能辨出“募财”“柏复生”“柏之奇”“造化之灵”等字样，恰似故事跌宕起伏的节点。名门之后，

宝泉寺内古柏高大

高官作文，寺僧得此墨宝，也是蓬荜增辉之事。宝泉寺有古树，有名人碑文，柏树之造化，亦寺庙之灵秀。

而郭付利说出寺的另一个传说：这里叫下宝泉寺，还有中宝泉寺，上宝泉寺。当时人迷信认为，这是一条龙脉：城堡建的那块高地是龙头，用城堡压住。山根处有中宝泉寺，压住龙腰。山顶是上宝泉寺，就在“中国印”那个位置，压住龙尾。三座寺庙费尽力气，只因龙头前面是白河。上宝泉寺只存遗址，早已没有遗迹。不过以前山门外有井，涌出泉水，流至山下。

白岩北城

中宝泉寺遗迹全无，却能知道位置。不过那里还有座城堡。向城北约行 3 里，看到立有长城文保碑：北白岩外城堡。城堡早有拆除，城墙以前存有 1 米多高，毛石“干茬”垒砌，下有条石，中间夯土，整体结构与建筑质量较低，以前可能用来圈马。至 20 世纪 70 年代平整土地，残存的城墙也拆了，已无任何痕迹。北行的路面就是城堡东墙地基。路边垒起一道围墙，碎石可能为原来城墙所用。城堡里一片平地，里面种植着果树。

再向前走，有渡槽横跨两山之间。旁边修有铁路，这是京通线。站在铁道上，

北白岩外城堡里种着果树

铁轨从山洞中钻出，向西南而去，建有车站。铁道位置就是寺的遗址。寺庙有大殿、配殿，供奉四大天王、罗汉、佛祖。郭付利小时常到这里玩儿，看到过殿内壁画。遗址上寻看，找到块瓦片，上面留有布纹，敲打起来，声音清亮，制作精良。寺庙建造水平可见一斑。难得见到一张几十年前的照片，影像极为珍贵。寺庙建在坡地上，几十级台阶之上才是山门。一侧还开有旁门。照片上寺院一角，建一亭楼，位置应为钟鼓楼。高大松柏耸立于院墙之上，寺庙规模不小。以此推算，下宝泉寺应更具规模。

这里以前叫上坨，下望城堡，皆在目中。城堡呈百米上下的长方形，利用较高的地势建造。城堡东面北面有城墙，南面好像没有，西边没有城墙，是个坎子，下一深沟。当地人称这座城为堡子，村里的叫城。北山有山沟，里面很水大。这条河水从城堡西南流过。现在河水断流，沟壑可辨。

以前这里蛇忒多，甚至成堆，大的能有水缸粗。所以这条山沟称龙潭沟，潭水称黑龙潭，传说求雨很灵。二月二龙抬头，前来祭祀的人非常多，摆放各种贡品。这里流传着许多蛇的故事。那年密云一地大旱，有人来求雨，发现了一条小蛇，用轿子请走，放到一个水坑里，结果那个地方降雨了。

20 世纪 70 年代，这里修建铁路，盖房时拆用了宝泉寺的砖木材料。挖地基

北白岩外城龙潭沟与山顶龙头

时出现了许多蛇，有的还碰出了血。开山凿洞时，总是塌方，还砸死过人。后来在渡槽这块平地上搭起戏台，请来戏班，唱了三天戏，不知是否巧合，以后开山顺畅了。

火车站叫黑山寺。果真有寺，光绪《密云县志》中说得明白，“黑山寺在柏岩庄”。郭付利说：寺在黑山寺村，距此地有七八里。以前称那里为马蜂坎，只有很少几户居住。而修铁路时，因为占地等原因，车站向东移，设在北白岩村域内，名字仍称黑山寺站。其实两个村子都在北山脚下，只是一偏东一偏西。若按铁道线算，只约三四里，要近许多。照此说，可能那时黑山寺村还没形成村落，志书便把寺庙记在北白岩村。

北白岩外城铁路隧道

柏坨山堡

黑山寺有寺也有城堡。再行向西，率先看到路边一块长城文堡碑，上书：柏坨山城堡。那是一片坡地，里面辟为耕地，种着庄稼，树木茂盛。坡上围起护坡石坝。看到有关记载，城堡东西长约百米，南北宽约七八十米的长方形。墙体用毛石垒砌。而志书里称为柏山坨。一字颠倒，意义不同。坨只用来标明地名。而柏坨山听起来似为山名。其实城堡距北山还有二三里。那条京通铁路从城中穿过。城堡紧贴路边，毛石拆除，遗迹已无，只有那块石碑标明了曾经的拥有。

柏坨山城堡遗址

黑山寺堡

再向西北来到黑山寺村。村子北面存有城堡，紧靠“中国印”山脚。望到了山顶上耸立的敌楼，预示着这里地险路要。城堡前有长城文堡碑：黑山寺城堡。城堡为长方形，南北长约100多米，东西宽约80米。四面城墙残缺，基础还在，只是高低有别。城堡设一南门，南墙上有垛脚残迹。与其他城堡不同的是，城堡西北角的垛脚为空心基座，四五米高，毛石干砌，开一小门，上面搭有过门石。十几平方米的面积，可供士兵休息，也可由此登上角楼，有着特殊的军事意义，而角楼顶部已无存。

城墙于2010年经过维修，墙体均为大块毛石垒砌，看起来很整齐。现在南墙成为一面墙体，已无拱券，就连城门下垛脚也很难看出。为行走出入方便，贴

城堡西北角墙垛脚有口可入

着东墙开有南北两座门。当地人介绍，城堡以前用于屯兵。城堡内有 6 家是老户，三四十口人，现已搬出城外，仅留一户，还不常住。小山村有 87 户，177 口人。村内没有更老的房子，早的是新中国成立前盖的。

城墙马道铺得平整，北墙东侧低矮，可以登上行走。站在城墙下望，城堡北高南低，内已空旷，果树枝叶掩映间，仅余几间房舍，那是 20 世纪 60 年代盖的。一道道矮石墙如护坡坝，错落有致。城内无庙，亦无古井。以前城里人吃水要去山上，那里有一小水库。现在村民吃的是自打井水，每家安装了自来水。

城堡外西侧有黑山寺。每到阴天下雨，山石更显黑色，山下庙宇由此得名。寺内文字说明介绍，寺庙名大云峰寺，建于唐代，宋代重修，毁于“文革”。寺内存有散碎石碑。碑文难以辨认。而清代光绪《密云县志》只记有黑山寺名，并没出现村的名称。

黑山寺有替身僧的传说：明朝年间，皇帝找了一个叫戴勇的和尚替他出家，住在黑山寺内。戴勇身高力大，依仗权势，打人骂人，还修了一个长长的地洞，抢男霸女，藏在洞里，人称“戴老虎”。这里的人们实在忍受不了，就到衙门去告，又联名上书皇帝。皇帝为了笼络人心，降旨说：“惊一惊，罢了。”人们利用谐音，把“惊一惊”变成了“耕一耕”。于是把戴勇埋在地里，只露出个头，套上

俯视黑山寺城堡

牲口，像耕地一样，连耕带踩，把“戴老虎”“惊”死了。替身僧的传说还有其他版本，都反映了人们除暴安良的心理。

寺内有株银杏树，因同根繁衍出了3棵，三代同根。树身上有园林部门的标牌，为市一级古树。树龄500多年，应为明代所植，是寺庙古老的见证。寺庙还有两株奇树：一株是南山顶上的翠柏，状如华盖，称为平顶松。另一株是寺西侧的栗树，一年四季碧绿，冬天也不发黄，誉为一怪。这棵树几十年看不出粗细变化，年龄估计在百年以上。古栗树结的栗籽比较小，却多且甜。近观栗树，枝冠硕大，树身发白，可能是遇到病害，树皮被保护性处理，而绿叶依然茂盛。周围无同龄栗树，唯此保持着旺盛的生命。紧贴树旁，又长出一棵小树，叶子冬季同样葱绿。

古寺与城堡相伴。这里是通往北边与西边的交汇处，战略地位重要，所以建起多座城堡。光绪《顺天府志》里记：“三十里白道谷堡，牛盆谷堡，小水谷堡，三十三里大良谷堡，三十五里石夹，三十六里河防口堡。”这些城堡距密云城如扇形展开，距离相似，位置不一。其中大良峪堡在大良谷附近，《日下旧闻考》记述为：自东水谷关向南“又十五里至大良谷，两山陡峻，通步”，向西3里是白道谷，记述近于此地。黑山寺城堡北面有沟，当地人称大梁沟，翻过北山就是口外。沟

黑山寺城堡

内路窄，只能走人，不能骑马，也与记述相似。

不解的是，黑山寺城堡之名并没在旧志中出现，查至民国《密云县志》“市里村庄”，有“北柏岩至县三十里”，“尖岩至县三十里”，“柏山坨至县三十三里”等村落。邻近的黑山寺村也没出现在记述中。直至新编修的《密云县志》在 1950 年行政区划调整时，才有黑山寺村。

这一带并无大良峪堡一名。永乐年间建造的大良峪寨不会平地消失，拆散也会留下印记。现在的大梁沟与古时的大良谷读音相同，或许书写发生变化，也未可知。是否紧贴山脚，居住条件较差，城堡空置多年，致使民国《密云县志》成书时，村落还没形成。几百年过去，城堡名字断代，村随寺名。若真如此，便与志书和当地人的记忆相合。

临近白道峪村里人记得，黑山寺村旁有大狼峪，与大梁沟的读音书写小有变化。现代地图上标有大良山，证实了山下的沟谷，应是古时的大良谷，黑山寺城堡自然也应是古时的大良谷堡。

黑山寺城堡望敌楼近在眼前

白道峪堡

黑山寺村向西 3 里是白道峪村。这里有山谷而称峪，“白道”让人产生诸多联想，于是有了白道姑庙、白道姑观的说法，感觉玄妙。

走向玄妙，渐觉具象。大山横亘，步步压来。远望山体，印着一道长长的黑迹，细水暗流。当地人说，夏秋之季，水会很大，如同瀑布，自高而降，银珠飞泻，有如白练，山谷由此得名白道峪。当地人还称“流白水”，下有积水，称白水洼。“白道”悬挂千万年，想起了李白的“飞流直下三千尺，疑是银河落九天”。景致独特，亦为地标。

山顶耸立着几座敌楼，连接起长城，边关险要。山谷里建有关口。关墙不在，敌台残存。与关口相距 200 多米，山谷入口处，坡地上建有城堡，形状并不规则，

白道峪关口敌台

随地势略呈三角形，东墙北墙为直角衔接，长各有百米上下。西墙南墙连为一体，弧向坡上，也有一二百米。毛石散碎出残墙，坡下的南墙、东墙、北墙高出地面几十厘米不等。城堡设一南门，无迹可寻。长城文保碑立于地面，上书：白道峪北城堡。里面长满果树灌木，枝叶舒展繁茂，炫耀着古物的呵护。

关口内约两里，还有一城堡，名白道峪内城堡，设一南门。门外两株古槐，如同两名卫士，把守着城门。上面的标牌写着一级古树，年纪有 360 岁，生于清初。城门洞已无，东侧尚存六层条石，内里填有碎石。南墙东侧墙体基本完好，有四五米高，大块毛石垒砌，白灰勾缝。城墙下毛石地基托起两层条石。城墙顶部石板牙子突出，这是墙体的原高。上面应有垛口或女儿墙，砖砌或石垒，已经消失。东南角有垛脚，可以沿着坍塌毛石登上城墙。站在墙上观望，城堡长方形，南北六七十米长，东西五六十米宽，顶厚有约 3 米，可以在墙上行走。荒草丛托起探上墙头的柿子，红火可人。北墙西侧有坍塌，其余保存较好。

走下城墙沿四周行走，城堡四角建有垛脚，都有不同程度的损坏，东北角存留较多。垛脚顶建平台，突出城墙，完整坚固，利于防御，可以观望城下敌情，抑或发起攻击。村民没有用城墙上的石块盖房垒墙。当地人说，这里是山区，石料多，不用城堡上的。或许拆毛石费力，搬运山石更方便。此地能看到这样完整

白道峪外城堡西南墙

的堡墙，令人兴奋。

城堡南门外有古戏台，由四层条石垒砌，基石被升高的地面掩埋。戏台面积不小，足可上演大戏。戏台后有出将入相的房间，供演员化妆休息，设施完整。现在房间改建为房舍，村民居住。城堡能筑戏台，可知驻兵人数不少。或是周边几座城堡士兵，走上三五里，甚至再远，也来此观看大戏，调剂艰苦枯燥的边关生活。

南北两座城堡，一北一内，形制与造价有着明显不同，建造时间可能有别。《四镇三关志》记："白道峪关，永乐年建，通步，缓。"关口建于明初永乐年间，北城堡紧临关口，同时或相近时间建造。内城堡建造要精细，可能会晚些时日，在国库充足或是战略防御时完成，成为临近几座城堡的文化或是军事中心。

城里没古井，村民以前喝的是山里的水，后来拦起个小水库，而今在山下打了水井。城里仅住几户人家。房屋多为新建，少有瓦顶。村民住在城外，有 240 户，700 多口人。村里的老房子建于 20 世纪 50 年代。村民以前靠农业，现在多在外面打工。

一处房屋毛石山墙格外平整，是座庙宇，村委会曾用来办公，后来给了个人，久无人居。山门做工精细，青砖垒砌，磨砖对缝。门楼顶部损坏，并未修复，盖

白道峪南城门及两棵古槐

着木板。门上无锁，进院见正殿六楹，门窗更换，山墙仍为旧物。梁柱写有大字“斗私批修”，烙下时代印迹。殿里塑像于“文革”时拆除。庙里有西厢房，现在已为空地。这是什么庙宇，无人知晓。村里人彭连银，49 岁。他说：庙里有一座义碑，放在村委会。于是寻向院内。

院子角落，石碑倒地，断为两半，石趺不知去向。细看碑文，字迹大小有三。碑首字大，为“永垂不朽”。中间诗句漶漫不清，约略能辨出：“口义口修乾坤寺。头上青天不可欺，口口口意神早知。善口到头口有报，口口口早与来迟。阴间口应果无私，阳世善恶神早知。口宜若还无报应，口地府明明想有私。”下面的文字最小，开头也有首诗：“巍口殿阁景色新，古柏苍松隐禅林……”之后的文字中有“能工巧匠端造口口神碑刻……光绪九年五月中彭口口口口口口七姓……庙前文案口前坡泉后观音……三年合庄人等……工程告竣……施钱一百吊……山羊”等字样。

文字不能认全，留有诸多疑问。其中还是提供了不少信息：寺庙应为道教，称“乾坤寺”，建造年代不明，但应在“光绪九年”之后，得到过不少人的善款捐物，如此等等。文字未经细辨，大致勾勒出概貌，亦有所获。

小字中几次出现了“彭”字。彭连银说：村里有彭徐两大姓。传说村里有位风

白道峪古戏台

水先生，说得很准，绰号彭大仙，常在怀柔一带算命。那里有位地主，孩子丢了，寻不到，心急，放出话来：谁把孩子找回来就把大山给谁。彭大仙去了，屈指一算说，哪天哪时孩子就能回来。结果孩子果真回来了。地主喜出望外，真把大山给了彭大仙。

传说不足信，却不知是否与寺庙建筑有关，又增添了玄妙。彭姓在村里有着影响与传奇。

白道峪城墙上

牛盆峪堡

白道峪向西还有两条山谷，牛盆峪与小水峪，这三条山谷皆在云蒙山南麓，纵向并列，有着云蒙三峪的称号，共同打造为景区。牛盆峪以水秀峰奇取胜，景观奇特，高崖悬瀑，低谷潺溪，山峰险峻，怪石嶙峋，生出各种形态：神椅、神鱼、百丈崖、鸽子堂、盘龙石、玉瑶池、套间屋、石笋山、养神床、群塔峰、水龙宫、三潭飞瀑、神船搁浅、金佛浴池、无字天书等多处景观。观奇探幽，步步有景，令人流连忘返。若于春夏之际，奇花异草，树木繁茂，空气新鲜，有天然空调的美誉；若赶上雾气蒸腾，长城在云海中伏卧，云飞墙动，构成一幅美妙的山水图画。

如今的美景，古代的险地。沟壑之中，几十里之内，建有五座敌楼，可称密

牛盆峪堡城堡南城墙

布。自沟口处算起，按一二三四五排序，当地人称为五道楼子。沟口敌楼称为一道楼，早已消失。东侧山上的敌楼称二道楼子，风化严重，大半坍塌，仅存少半。二三道楼子之间便是长城。敌楼历经几百年，都有不同程度的损毁，五道楼子距离较远，基本完好。

冬春之季，河水减少，即为通往北方的通道，正是北方铁蹄踏入之地，因沟里布满巨石，行走艰难，只能步兵通过。明朝初年于沟口建起关墙关门。《四镇三关志》记："牛盆峪关，永乐年建，通步，缓。"山石上还有留有开凿的关门及栓门石孔等痕迹。夏秋之季即为河道，常有洪水暴发，关墙关门早已被冲毁。现今开发旅游，水关上架起逍遥桥，设有景区收票亭。2019 年 8 月大水冲塌了路面，冲垮了大桥，冲倒了收票亭。

自关口向南约 300 米，建有牛盆峪城堡。河水西岸看到了长城文堡碑，立于河水西侧。岸边已被洪水切割为壁立断面，直逼石碑前，令人担心。人们忙碌着修整河道。登上西岸，为一块平地，面积不大，地上长满树林杂草。拨开荒草，寻看城堡，只存一段南城墙，约三四米高，一二十米长，其余地方，荒草荆棘，无法靠近，不能看到残迹，即使存留也是极少。粗略估计，城堡为长方形，东西长约八九十米，南北宽约五六十米。细看墙体，毛石垒砌，下无条石，并不

牛盆峪城堡长城文保碑

精细。

河水自西北流向东南，绕城而过。城堡随山就水，并非正向，大致东南两面临河，西北部靠山。城堡与关口如此接近，应与关口建造的时间相同或相近。年代久远，墙体早有毁坏，东城墙还曾遭到过洪水冲击，留存无多。这座城堡与山谷里的多座敌楼形成防御纵深。

这类城堡应设一座城门。当地七八十岁的老人没见过完整的城堡，也不知城门开在何处。有资料显示，设一南门。若按城堡山水形胜，背山面水，城堡应开在南墙或东墙上。城堡过去是驻兵的兵营，后来渐有居民。几十年前，住在城堡里的村民陆续搬到城堡外，留下房茬子，杂草丛生。

为什么叫牛盆峪？村里流传着牛盆峪与牛栏山的传说：百里外的顺义牛栏山上有两头金牛。这里的泉水清澈甘甜，每年秋末冬初，两头金牛便来此饮水。某人心生财念，想擒住，四处打听方法，听说要用宝瓠子，便去寻找。他在一户农民家里看到地里长着一只瓠子，光滑油亮，笔直修长，便对主人说：这条瓠子我买了，等来的时候再摘。天气转凉，霜降已过，主人还不见那人来，怕瓠子冻坏，就摘了下来。三天后那人来了，带着不十分成熟的瓠子进了山，来到泉眼旁。西南方向出现了两道金光。金牛来到泉眼旁，头也不抬饮起水来。那个人飞身上前，

牛盆峪关门

举起瓠子对准牛头便砸，瓠子不熟，只打掉了一头牛的一只犄角。两头金牛化作两道金光远去了。从此，金牛再也不到这里饮水了。这事传开以后，人们便把金牛喝水的那条沟叫牛盆峪了。

故事的传说太神奇，金牛为了喝口水，宁可行走百里，不能让人信服，却也寓意这里的水好。深山中流出的河水清澈，本可饮用，却又从河床下面打井，过滤沉淀。抽取的地下水，水质更为清洌甘甜，没有水碱。村民祖祖辈辈饮用着好水，直到如今。

水育树，树养山，山造水，山清水秀。一方水土，养育着村民。城堡向南两里地便是村子。牛盆峪村有 100 多户，300 多口人。生态涵养，村民不再种地，植树造林，环境变了。村里人靠自己的能力，争取多方援助，盖起 100 多套新楼房。村里人入住新居，享受着新的生活。

京通铁路从村边河谷穿过

小水峪堡

牛盆峪向西 5 里是小水峪村，若按直线距离，走京通铁路还要近得多。这里的山谷河道有了不同，乱石密布，跳跃前行。巨石大如仓囤，应是洪水发威，推动翻滚，布下石阵，让人惊叹大自然的威力，不禁想起唐代边塞诗人岑参那句“一川碎石大如斗”，而此处却要改成“一川巨石大如囤”了。

古时这里也是边关，《四镇三关志》中记：“小水峪关，永乐年建，通步，缓。”两山之间狭窄处，建有关口。当年会有关墙，早已被大水冲垮，立有长城文保碑：小水峪水关遗址。

关口向北约 2 里，东侧山崖壁立，西侧存有损坏的敌台与墙体。敌台基石用条石垒砌，有十五六层之多，下面被山石遮挡，没再细数。当年敌台高筑，条石

小水峪城堡西南角墙

上还会有砖，现在不能看到。关墙用毛石垒砌，残留无多，依然十分结实。当地人把这里称为小城，还把敌楼称为炮台，应是关口外一道防御设施。

关口向南约 2 里建有城堡，长宽各约 100 米见方，开一西门，城门已毁。西墙有一段，约三四米高，毛石垒砌。城存西南角，墙下有长城文保碑。南墙断续，存留无多。近年人们有了文物保护意识，西墙毛石间勾上白灰，与泛出黑迹的老旧南墙形成反差。当地六七十岁的老人说，看到过西城门，有门楼，小时能在城墙上走一圈。城堡在“文革”前后逐渐拆除。

城堡有 6 棵古槐。4 棵在西门外，高大粗壮。细看树身标牌，一级古树，树年龄有 360 年。还有两棵古槐在城堡内。顺着西门走进城堡。这是城堡的主街，以前铺着大块条石，踩得光亮。几十年前铺过水泥路，现又铺上柏油。条石仍在下面。城内有 20 世纪 50 年代的老房子。老墙白灰，上面写有生产队时的出勤表，勾起几十年前的记忆。

古槐易空，多在树下。城内槐树更特殊，空洞竟在树身上，望穿透天。树皮多有褶皱，老态龙钟。如此粗大的槐树标牌上依然写着植于清代，树龄 360 年。明人没植，树龄相当，让人费解。古槐植于庙前，当地人不知寺庙何名，只称“大庙”，内有大钟。旁边有石，雕刻精致，不知是否为庙内遗存。寺庙在“文革”

小水峪城堡内墙苔迹

时毁坏，古槐证明着存在。大庙旁曾有小庙，也毁于“文革”时期。

城堡有两口古井，已经干涸不用。20 年前，城北面的河上建起大坝，那里有口机井，村里人喝山谷里的水。现在村里打了井。堡内吃住用水不便，村民几十年前陆续搬到城堡外。堡内已空，只存房茬子。村里有 300 多户，450 人。村里流传有 9 把斧子。20 多年前吃水挖井，在水库上边那块地上修水管时，果真挖出一把斧子，有人见过，却无人知道斧子的去向。故事留下悬念。

山谷里曾有一座寺庙，称皇儿寺，留有传说：古时一位皇子体弱多病，很受皇帝的怜爱。一天，皇子脖子上长了一个“大影袋”，俗称大脖子病。皇帝非常着急，请来很多名医治疗，都束手无策。一位老和尚声称能治好，领皇子到了小水峪村北山，每天采食野果及各种中草药，喝山上的泉水。两年后，皇子脖子上的“大影袋”逐渐消失了。为报答老和尚的恩德，皇子在此山上建了一座寺庙，并剃度为僧。后来，十里八乡的人有谁长了“大影袋”，都到这个寺庙来烧香拜佛，一时间香火很是旺盛。

村里还有说法：这是为皇上的四弟修的庙。弟弟跑到深山里居住。后来哥哥成了事，当了皇帝，给四弟修了这座寺庙，称为皇四，叫白了成为皇寺儿。传说中都出现皇帝，于是十几年前曾有外地人到这里挖东西，不知挖到了宝物还是

小水峪城堡生产队时的出勤表

空手而归，地上出现了大坑。寺庙在关口外十几里，很小，现在遗迹皆无，已为平地。

河道下游拦起大坝，截为水库。水质清澈，碧绿如蓝，与上游河道的白石形成对比，也是一番景色。水库养殖以鲫鱼为多，肉质鲜嫩，没有土腥味，每年能打上万斤。这里现在搞旅游，游客众多。水库里有撒的鱼苗，也有放生的，涵养了生态。这是山里的实在宝物，馈赠着村民。

云蒙三峪旅游红火。三条谷道，不失美景，也有人文。

小水峪村水库清澈

参考文献（部分）

《水经注》北魏 郦道元
《太平寰宇记》宋 乐史
《四镇三关志》明 刘效祖
《长安客话》明 蒋一葵
《帝京景物略》明 刘侗 于奕正
光绪《顺天府志》清 周家楣 缪荃孙等
《日下旧闻考》清 于敏中
《昌平山水记》清 顾炎武
《畿辅通志》清 李卫等
《方舆纪要》清 顾祖禹

洪桐峪水关可见长城

《史记》汉 司马迁
《魏书》齐魏收撰
《北齐书》隋 李百药撰
《旧唐书》后晋 刘昫 张昭远
《金史》元 脱脱等主编
《元史》明 宋濂 王濂
《明史》清 王鸿绪
《明实录》明
《清史稿》近代 赵尔巽

《密云县志》清 光绪
《密云县志》民国
《北京志·长城志》北京市地方志编纂委员会
《密云县志》密云县志编纂委员会
《北京市密云县军事志》北京市密云县军事志编纂委员会

古北口城外的古石桥

后记

8 年前我与郭生河主任聊起城堡。他对密云长城有着独到见解，状如“几”字，重要的路城又同弓箭，长城弯曲为弓，墙子路、石塘路为箭扣，密云城、石匣、古北口笔直为箭，密云城在弦上，古北口在弓上。极富形象的勾画，高度概括，脑海里印出了明代军事防御的图像。关注北京城堡文化多年，立刻激起了欲望，开始了密云城堡的踏勘。

密云残存城堡之多，史志记载之少，始料未及。深山古道之间，边远不毛之地，不宜民居，有些城堡荒废多年，以至最初的名字消失。一些极小的城堡，在史志中不仅没有记载，甚至连名称也没留下。始一入足，心生悔意，骑虎难下。

古北口城门

而城堡文化现象独有，需要挖掘整理，或从人们的记忆中抢救，驱动着奋力前行。历经 8 年多时间，跋山涉水，寻访老者，入住民宿，寻遍 70 多座城堡，查遍典籍史志，文稿得以杀青。

几年的探访中，得到了密云区史志办各位人员的大力协助。区内多位专家提出了许多宝贵意见。出版过程得到了中国纺织出版社副总编辑李满意的热心指导与帮助。版式设计接受了北京青年报社美编室原副主任、高级编辑焦尚意的现代美术理念，本书得以图文并茂呈现，在此一并表示致谢！

密云城区